母と子のメルヘン

ショパンの鍵

野里征彦

本の泉社

ぼくと兄ちゃんの船が、波を乗りこえて、ついに大海に乗りだすんだ。

アラ熊男爵（89 頁）

ローソクの灯りは、ぼくたち家族の周りに半円形の光のドームを作った。ドームの外側は暗やみで、何だかモンゴルの草原でテント暮らしをしている人たちのような気分だった。

キャンドル・パーティー（75 頁）

目次

ショパンの鍵《かぎ》

母と子のメルヘン

颯太《そうた》とハル

「じいちゃん。明日《あした》いっしょに山に行ってもいいか」

明日からいよいよ夏休みだという前の晩《ばん》、颯太《そうた》はじいちゃんに聞いた。

「ああ、いいともさ。そしたら颯太に、山でおもしろいものを見せてやんべえ」

じいちゃんはショウチュウを飲みながら、赤い顔をして言った。

「ほんとうか？　おもしろいものって何だ、じいちゃん」

「はははは。それは明日のお楽しみだ。山へ行くまで、ないしょにしとくべ」

じいちゃんはうれしそうに笑った。

「それじゃ、太君《ふとし》もいっしょに連れていってもいいか、じいちゃん」

「ああ、いいともさあ。それじゃばあちゃんに、三人ぶんのおにぎりを作ってもらわんといかんな」

颯太のじいちゃんは、里山《さとやま》で炭焼《すみや》きをやっている。颯太と太の村はけっこう山おくで、この村ではたった二人だけの小学生だ。二人は四年生で、毎日五キロもの山道を歩いて町の小学校に通っている。

太には中学生の兄ちゃんがいて、朝は三人で行くことが多いが、帰りは兄ちゃんは部活があっておそくなるため、たいがいは颯太と太の二人だけで帰ってくる。

§

次の日は颯太と太とじいちゃんの三人で、山へ登っていった。山おくにある颯太たちの家からさらに山おくへ二キロほど登ったところに、じいちゃんの炭焼き小屋はあった。

炭焼き小屋のすぐ下には小さな谷川が流れており、谷川の向こうがわはコナラやイヌシデ、クヌギなどの木が生い茂っている、なだらかな雑木林《ぞうきばやし》だった。

谷川は川はばが二メートルほどしかない小さな川で、足のくるぶしがようやくかくれるほどの浅い流れだった。そこに石ころを積《つ》んで水を溜《た》めたところでじいちゃんは、飲み水をくんだり、手や顔を洗《あら》ったりしていた。

「じいちゃん。おもしろいものって何だ」

期待《きたい》に目をかがやかせている二人の顔を、じいちゃんはひょうきんな顔をして、かわるがわる見つめた。それから谷川の少し上流の方に向かって歩きだした。ふたりもあわててじいちゃんの後を追った。じいちゃんはやがて川の上にせり出している大岩の上に登った。そして、下の流れをのぞきこんだ。颯太と太も首を長くして、おなじように下をのぞいてみた。川の少し上に流れの落ちこみがあり、岩の下はそこだけ川はばが広く、ちょっとした滝つぼになっていた。

「いいかよく見ていろよ」じいちゃんはそう言うと川にむかって、

「ハルやーい」

とさけんだ。

川を見ていた颯太と太は、そのとき思わず「あーっ」とおどろきの声を出した。岩の下からとつぜん巨大《きょだい》な魚がすがたを現して、川の中をゆらーりと回《まわ》りだしたからだった。

「な、なんだ、あれは」

「ほー、でっけぇー」

二人はそれぞれため息をはくようにさけんだ。それは背中《せなか》が深《ふか》い海のような青い色をしており、横の腹から下はあざやかな銀白色《ぎんはくしょく》の、美しい魚だった。なによりこれまで見たこともないほど、巨大な魚だった。

「あれはたぶん銀マスだべえ。たぶん去年あたりの大水でも出たときに海から迷《まよ》いこんで上がってきて、水がひいてしまったあと、あそこから動けなくなったんだべえよ」

じいちゃんはいつの間にもってきていたのか、おにぎりの飯つぶをちぎって川に落としてやった。するとは銀マスはからだを反転《はんてん》させながら飯《めし》つぶを食べはじめた。

「じいちゃん。さっきハルって呼《よ》ばなかったか。なんでハルなんだ」

「この春に見つけたからさあ。この岩の上で弁当《べんとう》を食っていてな。まちがっておにぎりを、川に落っことしてしまったのさ。そしたら、いきなりあいつが出てきたべえ。いやあ、おどろいたのなんのって」

ちょうど雪どけのころで、林には白いコブシの花が咲き始めていた。じいちゃんは、なんだかこの魚が春をはこんできたような気がしたと言った。

それからずっとハルと呼んで、エサを与えてきたらしい。

やがてじいちゃんは小屋にもどって、仕事をはじめた。颯太と太はうっとりとして、しばらくハルに見入った。

§

「だれだ、あれは」村の川でアユ捕《と》りをしていた太《ふとし》が顔を上げて言った。流れにアミをかけていた颯太《そうた》もそっちを見る。すると川の少し上流に、ピンクのワンピースを着た自分たちと同じ年ぐらいの女の子がいた。

「もしかしたら、水野《みずの》さんのところへ来た子じゃないか」

颯太がぴんときて、言った。三年前の震災《しんさい》で両親を亡《な》くしたお孫《まご》さんが、水野さんのところに来ているという話を、数日前にじいちゃんとばあちゃんが話していたのだ。

二人はそのまま川をこいで、女の子のそばに行った。

「上で水をにごされたら、こまりますねえー、きみぃー」

太がわざと、ひょうきんに言った。

「ぐふふ、にごしてなんかいません」

女の子は人なつっこい笑顔《えがお》をみせた。それから三人はすぐに仲良しになって、お日様が西の山のかげに見えなくなるまで川あそびをした。

「かわいい子だなあ。こっちの学校に転校《てんこう》して、ずっと水野さんのところに住むのかな」

「太君、知っているか。なつみはこの前の震災《しんさい》で、父ちゃんと母ちゃんをいっぺんに亡《な》くしてしまったんだぞ」

「ああ、知っている。家で父ちゃんたちが話していたもん」

「そうすっと、これから三人で学校に通えるかもしれないな」

女の子を見おくってから二人は口ぐちに言った。女の子の名前は、なつみと言った。

その晩颯太は、家族《かぞく》になつみのことを話した。

「春さん、まだ見つかっていないらしいわね」

看護師《かんごし》をしている颯太の母ちゃんが、じいちゃんたちと話していた。春さんというのは、お嫁に行った水野さんの娘で、津波《つなみ》にさらわれた、なつみの母親のことらしい。

§

「なつみのやつ毎日ハルを、いやにねっしんにながめているな」

「よっぽど気にいったんだな」

颯太と太が口ぐちに言った。銀マスのハルを初めてなつみに見せた日、なつみはひと言「美しい」と言ったまま、うっとりとハルに見入った。それからなつみは、ハルに夢中になってしまった。なつ

みにせがまれてハルを見に来たのは、今日で五回めである。

「川の水が足りなくなってんべえ。ここんとこ、雨が降《ふ》らないからなぁ。このままじゃハルが干上《ひあ》がってしまうから、下に石ころを積《つ》んで水を溜《た》めてやったら良がんべさ」

じいちゃんがそう言った。たしかに川は水が少なくなって、ハルが泳げる場所がせまくなっている。

三人は大岩より少し下のところに、流れをせき止めるようにして小石を積み始めた。

「これを間に入れれば水がもれにくくなる」

じいちゃんが杉の木のえだを何本も切ってきてくれた。

三人がせっせと小石を積み上げたので、大岩の下はたっぷりと水が溜まった。

「ハルのやつ、ゆうゆうと泳ぎだしたぞ」

小さな黒点《こくてん》の散らばった青い背中をゆうがにくねらせながら、ハルは滝つぼの中をうれしそうに泳いでいる。銀白色《ぎんはくしょく》の腹が、ときどき光を照りかえしてギランと輝《かがや》いた。

§

「ハルにバッタをやってみようか」太《ふとし》が言うと、

「だめよ。おなかをこわすから、ねえ颯太《そうた》くん」

なつみが眉根《まゆね》を寄せて言った。

「でもイワナやヤマメは虫を食べるよ。同じマス科なら食べるかもしれないよ」

台風が近づいているということで、空はくもっていた。水は澄んでいたが少し冷たかった。だが三人は川遊びに夢中になっていた。

「あそこに良さそうな淵《ふち》があるぞ」

ふいに大人の声がした。思わず三人がふり返ると、サングラスをかけて釣りざおを持った二人の男の人が下流のほうから登ってくる。

「ほう、いい淀《よど》みを作っている。ここなら、大物がいそうだな」

川に足をふみ入れ、毛バリのついた糸を投げようとする大人のまえに、とつぜんなつみが立ちふさがった。

「いません、いません。ここには魚なんかいません！」

男の人はいっとき動きを止めて、表情のよくわからないサングラスの顔を、なつみに向けた。だがすぐに取り合わないというように、ざぶざぶと川に入って行き、ハルのいる滝つぼに糸を投げてやった。

颯太と太はあわてて近くに寄り、岩のかげからそっと滝つぼに目を凝らした。

ハルの姿はどこにも見えなかった。きっと大岩の下にもぐりこんで、じっと息をひそめているに違いなかった。二人の大人は少しすると諦《あきら》めたように川をくだって行った。

「ハルが出てきたぞ」太が言った。

「ハルはきっと、聞きなれない声がしたもんで、岩の下にかくれたんだぞ。ぼくたちの声を、ちゃんと聞き分けているんだ」

「それにしてもなつみは、さっきはすごい剣幕《けんまく》だったな。いません、いませんてなあ」

なつみはちょっと恥《は》ずかしそうにして川に目を向けた。それから言った。

「ハルというのは亡くなったおかあさんの名前なの。なんだかハルは、わたしを心配して、海からようすを見に来たような気がして……」

それきり黙って背中を向けた。タラノキの白い花が、風にふるえていた。


雨は、その晩から降り始め、翌日も一日中降り続いた。風まじりの強い雨で、庭のさくらの木が今にも折れるかと思えるほどしなった。こんな日は太くんともなつみちゃんとも遊べないなと颯太は、ひとりでつまらない思いをしていた。

「こんな日こそ宿題をやらなけゃ、いかんべや」夜勤明《やきんあ》けで帰っていた父ちゃんが言った。

雨があがったら、また三人でハルを見に行こうと思いながら颯太は、のろのろとワークブックを開いた。

§

太《ふとし》が颯太《そうた》の家にやってきたのは、つぎの日の昼まえのことだった。

雨は夜中に上がっていて、この日は朝からかんかん照りになっていた。

「なつみをさそおうと思って水野さんの家に寄ってきたんだが……」

太の声がしぼまった。とたんに颯太の、胸がさわいだ。

「なつみは、埼玉《さいたま》のおじさんのところに、もらわれて行ってしまうらしい。家の前に黒い乗用車が停まっていた」

太はしょんぼりした顔をして言った。

「おわかれを言いに行こう」

みなまで聞かずに颯太は家をとびだした。出がけに机の上からぶんちんをつかみ取っていた。

水野さんの家に行くと初めて見るおじさんとおばさんが、車のトランクにせっせと荷物を積んでいた。なつみたちは、ちょうど出発するところだった。

「なつみ、元気でな」

太が言った。

「これよかったら、想い出に」

颯太はマスをかたどった小さな銀のぶんちんをなつみにやった。大切にしていたものだった。なつみは今にも泣き出しそうな顔をして、黙ってバックシートにすわっていた。

やがて車は、なつみを乗せて白い土ぼこりを巻き上げて、行ってしまった。

「颯ちゃん。ハルを見に行こう」

太が急にむきを変えて走り出した。颯太もあわてて後を追っかけた。

§

「大水が出たようだな颯《そう》ちゃん」

谷川は昨日の台風でそうとう水が出たらしく、川の両側《りょうがわ》の草木がきれいに洗われたようになって、下になびいていた。大岩のところに行くと、岩の下はすっかり砂で埋《う》まっていて、もう淵でも滝つぼでもなくなっていた。

三人で積み上げた小さな石ころの堤防《ていぼう》は、跡形《あとかた》もなくなっていた。

「なんだあこれは、颯ちゃん」

太が泣きそうな声で言った。少し考えてから颯太が言った。

「ハルのやつは、これでようやく広い海に帰ることが、できたんじゃないか」

「はははは、そうかもしれないな。これで春も夏もいっぺんに行ってしまったべえ」

泣いているのか笑っているのか分からない声で太が言った。

「なつみは幸せになるかな」颯太が言った。

「かわいがってもらえると、いいがなあ」太がこたえた。

レストラン「流れ星」

沙絵子《さえこ》はこの春中学生になったばかりの息子の圭太《けいた》と、海岸通りのレストランのテーブルにすわっていた。

レストランに入ったのは、海辺の道を歩いていたときに急に雨が降ってきたことと、ちょうどお昼どきで、二人ともひどくお腹が空いていたからだった。

お昼を食べながらにわか雨をやり過ごそうと思って、なにげなく飛びこんだ店の看板《かんばん》を見ると、『流れ星』という、レストランにしては変わった名前の店だった。

歩道より少し高い場所にある店のフロアは、開けはなされてカフェテラスふうに野外の芝生《しばふ》まで続いている。

野外にもいく組かのイスとテーブルが並べられており、雨つぶをしたたらせたフードの向こう側には、しめった砂浜と群青色《ぐんじょういろ》の海が広がっていた。海原に白波がたっているところをみると波はけっこう荒れているらしかった。

沙絵子と圭太は、目の前のどんよりとして気の重くなるような空と海をながめながら、長いことだまってすわっていた。するとふいに沙絵子は、いまにもあの海がおそいかかって来るような気がして、背すじにぶるぶるっと冷たいふるえをおぼえた。

あの海が、あの海が自分の夫を、圭太の父親をうばったのだ。

§

沙絵子は三年前に夫を、三陸の町をおそったあの大震災で亡くしていた。そして夫の実家《じっか》のえん助も得て、ようやく建てた大切な家も、夫もろとも失ってしまった。

その後、圭太と二人で三年間、仮設住宅でくらした、だが生活のめどがたたず、この春に自分の郷里である三浦半島の町に移住してきたのだった。

さいわい父の知人が経営している小さな町工場に事務の仕事をえて、くらしはなんとかなり立ちそうであった。だが新しい悩みができた。

四月に中学一年になった圭太が、どうも新しい学校になじめないようなのである。

「こっちの学校は、好きじゃない。三陸の町にもどりたい」

「でも決心してこっちへ来たはずじゃない。向こうだとなかなかお母さんの働き口もないし、二人でよく相談してから来たのよ」

「お母さんはいいよ。自分の故郷《ふるさと》だし、昔からの友だちだっているもの。でもぼくは向こうで生まれ育っているから……」

向こうにいた時から元気がなかったじゃない、と口に出かかった言葉を、沙絵子はのみこんだ。父親に死なれて元気をなくしているのは、圭太だけではない。自分だって何度、心が折れそうになったことだろう。

そんなうじうじした暮らしに、きっぱりとさよならをするために、住む場所を変えたのだった。圭太にさえ元気になってもらえば、自分はなんとかこの土地でやっていけそうだ。圭太がぐちのようなことを言い始めたのは、そんなわずかな自信のような気持ちがめばえ始めたや先のことだった。

友だちができないのだろうか。

もしかして田舎者《いなかもの》あつかいされて、

いじめにあわないだろうか。

いやもうすでにいじめにあっているのかもしれない。

何とかして圭太を元気にさせたい。それが沙絵子ののぞみだった。

§

「ご注文は、お決まりですか」

短く刈りそろえたゴマひげに白い前かけをした初老の男の人が注文を聞きに来た。

圭太はカニクリーム・コロッケ、沙絵子はスパゲッテイ・ボロネーゼをたのんだ。

ふと沙絵子は、はるか遠くの波間に、キラリと光るものを見たような気がした。

海は夜空のように青黒く広がっており、光ったものは夜空にまたたく白い星のように見えたのだった。

「おねがい、助けて。圭太に勇気をあたえて……ついでに、わたしにも」

とっさに沙絵子は、心の中でつぶやいていた。

というのも、子供のころ母親に、

「こまったときは夜空に白く光る星を見つけて、お願いしてごらんなさい。きっと助けてくれるから。でも赤い星はだめだよ。日照り星といってえんぎが悪いからね」

と教えられたことを思い出したからだった。

だがその白く光るものは、すぐに消えて見えなくなっていた。わたしの気のせいだったのかもしれない、と沙絵子は少しがっかりした。

目の前の海は、白い波とうをみせて波打っており、重苦しい空の下であい変らず険悪《けんあく》な表情を見せていた。沙絵子はこれではいけない、いけないと思いながらも、見る間におく病な、自分のカラの中に落ち込んでいった。

ふたたび沈黙の数分間がすぎていった。

「ねえ、圭ちゃん。あんたサッカーが上手《うま》かったよねえ。お父さんがよく言っていたわよねえ。圭太はからだは小さいけどドリブルがとっても上手で、ディフェンダーをうまくかわして、よくシュートを決めるって」

ふと頭に浮かんだことを何げなく沙絵子は言った。

「ここの中学には、サッカー部はないの？」

サッカーをやればみなの人気者になれるかもしれない。それに自分の自信にもなるかもしれないという思いつきだった。

「あるよ。でもここのサッカー部は強いので有名なんだ。部員も多くて、田舎《いなか》で上手《うま》いなんて言われていたって……とても」

しまいの言葉は、また意気地《いくじ》なくしぼんでいった。

「まわりが上手かったら、自分も上手くなるんじゃないの」

「だめだよ。だってぼく四年生からサッカーやってないんだよ」

そうだった。あの辺りの学校の校庭は震災のすぐあとに、すべて仮設住宅《かせつじゅうたく》で埋《う》まってしまって、校庭が使えない状態《じょうたい》が続いていたのだ。

「はい、おまちどうさま」

ごまヒゲの男の人がカニクリーム・コロッケとスパゲティ・ボロネーゼを運んできた。

二人はまた黙りこんで、もくもくと料理を口にはこんだ。

§

「なに、あれ」

いく分かが過ぎたころ、テラス近くのテーブルに陣どっていた、数人の女学生たちの中の一人が言った。

「なにか白いものが、波に浮いているね」

女学生たちはみな立ち上がって、海をながめ始めた。

「あ、わかった。ねえあれ、ウィンド・サーフィンじゃないかしら」

「ええっ、あんな遠くに。あ、でもそうかもしれない。きっとそうだよ」

「なんか、いじましいねえ。こんな天気の荒れた日にやることかねえ」

女学生たちの声を背中で聞いて、思わず沙絵子もふり返った。海の見える位置にイスをずらして、沖の方に目をこらした。

するとと確かに、はるかおきの方に白いものが見える。さきほど自分が、夜空にまたたく白い星のようだと思ったものに違いなかった。

白いものはしだいに大きさを増してきていた。見ているとかすかにそのりんかくが判別できるぐらいになっている。

「あーっ」

女学生たちのさけび声がした。白いものがとつぜん消えて、波間にはなにも見えなくなっていた。

「どうしたのよ、いったい。消えちゃったじゃないのよ」

「海に落っこちたんだよきっと。やだぁ」

「こんな時化《しけ》みたいな波の荒い日に、ダサいことやるからだよ」

ひなんするような口調《くちょう》に、心配する気持ちがのぞいている。沙絵子もおもわず心配になって両手をにぎりしめていた。ふと横を見ると、圭太が真剣な顔になって海を見つめていた。

「あっ、出てきた出てきた。白いやつ」

「あれなに、セイルじゃないの。またこっちにやってくるよ」

「そうだ、セイルを立てたんだ。わあー、よかった」

女学生たちはいつの間にか、夢中になって海の彼方を見つめていた。

「あああっ、また消えた」

「落っこちたのかな。それとも高波の間で、見えなくなったのかしら」

「どっちにしたってこんな日にやるかねえ。無茶だよ」

口ぐちに、ひめいのような言葉をあげた。

「ああー、また立ち上がった」

「がんばれ！」

ほとんどの店の客が、テラスに出て海を見つめ始めた。そのころになると白い星のようなものはしだいに輪かくを現わし、三角の帆とサーファーの姿が、はっきりとわかるようになってきている。

「ああっ、また倒れたよ」

「ちょっとだいじょぶなの、今度はなかなか出てこないよ」

「下手なんじゃないの、あの人」

女学生の一人が言うと、

「いやちがうよ。ぼくは始めから見ていたんだが、あいつは、あのずっと向こうの、遠くの島から来たんだぜ」

ごまヒゲの初老のウェイターが言った。

「へえー、あんなに遠くから。凄いね、この荒海の中を。マスター目がいいね」

ごまヒゲはこの店のマスターらしかった。

「そうとうの腕をもった、サーファーだと思うよ」

「あっ見えた見えた。あれ首でしょ。ボードの上のまるいやつ」

サーファーは波に大きく上下するボードの上にはい上がり、横になってしがみつきながら、しばらく死んだようになっていた。

やがて立ち上がり、からだを「つ」の字に曲げながら、必死でセイル・マストを立て起こした。

「やったーやったー」

「そうとう疲れているみたいだね」

「がんばれ、がんばれ!」

女学生たちはテラスに出て、みんなで声援をおくり始めた。いつの間にか雨は、こまかい霧雨にかわっていた。

やがてサーファーは、白いセイルに風をいっぱいに受けて走り出した。いつの間にか沙絵子も、祈るような気持ちで海を見つめ続けていた。

白いセイルボードは、それからも何回も風にたおれ、波にのまれた。サーファーはそのたびに海に放り出された。だがけんめいにボードにしがみつき、必死で体勢を立て直した。

「がんばれ、がんばれ」

「もう少しよ、がんばって」

サーファーが、ようやくの思いで岸にたどりついたときには、店中から歓声と拍手がわきおこった。

「やったー、凄《すご》いわ」

「いいもの見せてもらったよ」

サーファーは残る力でセイルボードをなんとか砂浜に引きあげると、そのまま砂浜にたおれこんでしまった。

§

沙絵子と圭太は、店内のざわめきをよそに、しばらくそのまま座っていた。

やがてずっと押し黙ったまま海の方を見つめていた圭太が、重い口を開いた。

「ぼく、またサッカーを始めてみようかな」

「そうだよ。がんばればレギュラーにだってなれるかもしれないよ。圭太には才能があるって、お父さんが言ってたもの」

圭太の顔に、ほのかに希望が浮かんで見えたような気がして、沙絵子は思わずうれしくなってそう言った。

「少しぼく、努力もせずに、意気地なしだったかもしれない」

そう言うと圭太は、残ったアフター・サービスのコーヒーを飲みほした。


二人で店を出て、もと来た海岸通りの道を歩きながら沙絵子は、ふと海辺に目をやった。

すると小雨にけむる砂浜の上に、黒いウェット・スーツの胸を開けたサーファーが、気持ちよさそうに目をとじたまま横になっていた。

「ありがとう。わたしの白い星さん」

沙絵子はそっと心の中でつぶやいた。

クロツグミと姥杉《うばすぎ》

朝

三陸海岸の広田湾を見渡せる高台に、真言宗《しんごんしゅう》の古いお寺があります。そのお寺の墓地《ぼち》の上に、幹回り四、五メートルはあろうかという、大きなスギの木がそびえていました。土地の人たちが「あらかた三百年は経《た》っていんべえ」などという姥《うば》スギで、葉の茂った太い枝を四方に張り出した古い巨木です。

ある日の朝、どこからともなく二羽のクロツグミが飛んできて、その姥スギのてっぺん近くの枝に止まりました。

するとクロツグミがしきりにさえずりはじめ、また姥スギはこずえを南風にそよがせて、さやさやと聞こえるか聞こえないかのようなやわらかな音をたて始めました。

これはじつはただそよいだり、むやみにさえずったりしている訳ではなく、クロツグミと姥スギが、たがいにお話しを始めていたのです。

「姥スギさん。しばらくここで休ませてもらってもいいですかい」

「ああ、いいですとも。だてに八方に枝を広げているわけじゃないですからね。この枝は、小鳥さんたちのホテルのようなものですよ」

「ありがとう。それじゃこっちにいる間、ちょくちょくおじゃまさせていただくとしよう」

クロツグミの少し体の大きい、年とった方が言いました。

「あなたたちは見かけない顔ですね。この辺は、はじめて来たんですか」

「じつはそうなんですよ。相模《さがみ》のあたりまではちょくちょく来てたんですがね。こんなに遠くまで来たのは、こんどが初めてなんですよ」

「それじゃあ疲れたでしょう。まあ、ゆっくり休むがいいですよ」

「ありがとう。それにしても姥スギさんはずいぶん大きいですね。よほど年をかさねておいでなんでしょうね」

「まあね。じょうぜん寺の千年スギほどじゃありませんけれどね。名木《めいぼく》の指定も受けてはいませんけれどね。それでもあらかた五百年は、ここにこうして立っているんですよ」

「へえええ、それじゃさぞかし、ずいぶんといろんなことを知っているんでしょうね」

「そうですね、ここでいろんなことを見てきていますからね。それに風にのって飛んで来る人間たちの話だって、何十年も何百年も聞いてきていますからね。そりゃいろいろおぼえますよ」

姥スギは少し得意そうに言いました。

「それじゃあお聞きしますがね。ここに来ると、海辺ぞいに広い松林があるって聞いてきたんですがね。なんでも七万本もの松があり、そこに寄ってきて悪さをする、おいしい虫がたくさんいるって聞いて、それでぼくたちは飛んで来たんですがね」

「ああ、それならもうありませんよ。五年前ならたしかに、あったんですけどね」

「ええっ、五年前ならあったって、いったいどういうことなんです、それは」

「向こうに海沿いに長い道路が見えるでしょう。あの道路の東側ですが、いまはただの沼《ぬま》みたいになってるでしょう。外側に石垣《いしがき》が積《つ》んであって」

「ああ、ありますね。海と沼を分けるようにして、石垣が長く積んでありますね。トラックや大型の機械が行ったり来たりして、何だか大きな工事をやっているみたいですね」

「あれはね、震災《しんさい》の復旧《ふっきゅう》のための工事をやっているんですよ」

「シンサイというと災害か何か、あったんですかい」

「ああ、ありましたね。それもいままで見たこともないような、とてつもなく大きいやつがね。五年前にあったんですよ」

「へええ、それは知らなかった。きっとぼくたちがボルネオかどっかに居たころだな」

「五年前の春さきのことでね、小雪がちらつくような寒い日でしたよ。その日の午後にとつぜん巨大な地震《じしん》が起こったんですよ。もう地面がグラングラン、グラングランと揺《ゆ》れて、そこの下のところの墓石がばたばたと倒れて、わたしが立っているこの小山でさえ、いまにも崩れるんじゃないかと思うほどの、それはそれはすさまじい地震でしたよ」

「へえええええ」

「それから急にサイレンが鳴って。間もなく海の向こうから、巨大なツナミが押し寄せて来たんですよ」

「ツナミって何ですか」

子供のクロツグミが聞きました。

「波ですよ。地震や海底のかん没《ぼっ》などによってとつぜんおこる海の波で、普通の波を何百倍も、何千倍も、いやもしかしたら何万倍も集めたような巨大な波のことですよ。とにかく今までに見たこともないような、とてつもなくでかいやつでしたよ」

「それは凄い」

「あの奥の山と海との間に、広い平野があるでしょう。このへんでは一番広い平野なんですが、あそこには街があって、沢山の家や商店や病院や学校や役所やホテルなんかがびっしりと立ち並んでいたんですよ」

「へえええ、そうだったんですか。ですがいまは何にも、おもかげすらありませんね」

「そりゃそうですよ。あそこに巨大な波が押し寄せて、あの平野全体が見渡すかぎり海のようになってしまったんですから」

「へえええ、そりゃまた凄まじいもんですね」

「すさまじかったですよ。ここで見ていても、からだがふるえるほどでしたよ。波が退いたあとは街がすっかり消えて、いちめんがガレキの原っぱになっていたんです」

「ふうーっ、」

「そのときにね、七万本あった松林も砂浜も、ぜんぶ消えてしまったんですよ」

「砂浜もですか。家や建物が波に呑まれるというのは分かりますが、何で砂浜まで消えてしまったんですかね」

「これはわたしの想像ですけどね。波によって砂がすっかり巻き上げられてしまったと思うんです。それできっと松林も根っこから掘られて、奥へ流されて行ったんですよ。人間たちは地盤沈下《じばんちんか》だと言ってますけどね。なにしろぼくはここから一部始終を見ていましたからね。波に巻き上げられたようでしたよ」

「見ていたなら姥スギさんの言うとおりに違いない」

「あの西側に川が見えるでしょう。気仙川《けせんがわ》という川なんですがね。砂浜はあの川が上流から運んで来る細かい砂を、海流が岸伝いに東へ東へと運んで、何百年もかかって出来た砂浜なんですよ。湾にむかって弓なりに、およそ二キロもあったその砂浜の背後に、ずうっと防砂林のように松林があったんですよ」

「へえええ、そりゃあさぞ、きれいだった事でしょうね」

「そりゃあ美しいものでしたよ。この地方の人で、あの松林と砂浜に想い出のない人というのは、一人もいないと思いますよ」

「へえええ、一度見ておきたかったな」

　クロツグミは残念そうに言った。

「ほらあそこをごらんなさい。端《はじ》っこに一本だけ松の木が見えるでしょう。七万本の松が流される中で、たった一本だけ奇跡的《きせきてき》に残ったのが、あの松なんですよ」

「ああ､そうなんですか。それじゃ一本松の向こうに見えるあの小さなお堂のようなものは何ですか」

「ああ、あれはですね追悼施設《ついとうしせつ》ですよ。あのお堂の中にはね、震災で亡くなった人をしのぶ慰霊碑《いれいひ》がまつられてあるんですよ」

「なるほど。おや、お堂の中にお爺《じい》さんと小さな女の子が入って行くぞ。女の子は、お人形のぬいぐるみを持っていますね」

「あの娘はね。震災で母親を亡くしたんですよ。あれよりもっと小さいころにね。あのぬいぐるみは、きっと自分をしのんでもらいたくて母親に持ってきたんだと思いますよ」

「なるほど。おや出てきましたね。ぬいぐるみはたしかに持っていませんね。うむ、いけないいけない、間もなくお昼になるぞ。おいお前、エサをさがしにいくぞ」

クロツグミはあわてたように小さいほうのツグミに言った。それから姥スギに向かって、

「こいつはなにしろ去年生まれたばかりの、わたしのせがれでしてね。まだ何も知らないんですよ。」

と言った。飛び立とうとする二人に、

「なるべく海岸には近よらない方がいいですよ。ウミネコがうるさいですからね。なにしろウミネコときたら、なわばり意識が強すぎるんだ」

と姥スギが注意をあたえました。

夜

月のきれいな夜でした。姥スギとクロツグミの親子が話をしています。

「どうでした、今日はうまいエサにありつけましたか」

「ここいらはさっぱりでね、やはり震災のえいきょうでしょうかね。おかげでずうっと西の山の畑まで行ってきましたよ。そこでようやく作物の根っこを食い荒らす、悪い虫にありつけましたよ」

「そうか、それならよかった」

「ところで姥スギさん、今日の夕方あちこちの家の門口《かどぐち》で、小さな焚火《たきび》をするのを見ましたが、あれは何の訳でしょう」

「あれは迎《むか》え火《び》といいましてね、亡くなった人の霊をお迎えするための焚火なんですよ。なにしろきょうから、お盆に入りますからね」

「ああ、そうなんですか、へえお盆の迎え火ねえ」

「ほらあそこをごらんなさい。一本松の上空に、電車が見えるでしょう」

姥スギに言われてクロツグミはおもわず一本松の方を見た。すると月明りの下でかすかにりんかくを見せている一本松の上空に、たしかに青白く光る電車が浮かんでいる。

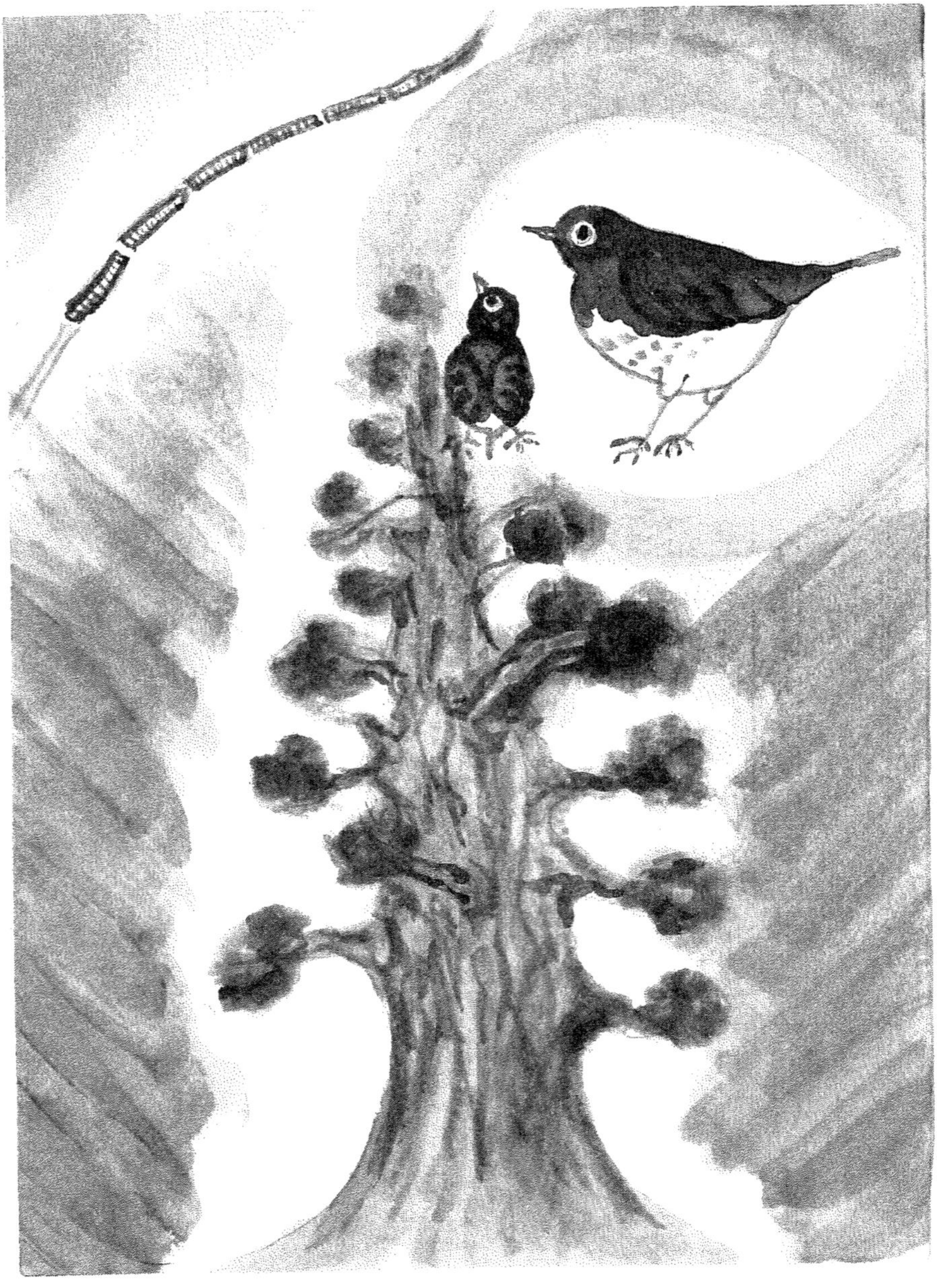

「先ほどあのれんけつした電車から、おおぜいの人間の霊が降りていきましたよ。なにしろ明日からお盆ですからね。あの震災では大勢の人間が亡くなりましたからね。このT市だけで一度に千七百人以上もの人間が、亡くなっているんですよ」

「へえええ、それはまた本当に、たいへんなことだったんですね」

「ほら近くの海をごらんなさい。波間に光るものがたくさん見えるでしょう。あれも亡くなった人間の霊なんですよ」

「プランクトンじゃないんですか」

「プランクトンはあれほど大きくはありませんよ。あれはね残された家族へじゅうぶんなお別れが言えなかったり、自分が死んだことに納得がいかなくて、いまだに成仏《じょうぶつ》しかねている人たちの霊なんですよ。ああやってずうっと波間に漂っていて、あの電車にも乗っていかない人たちなんです」

「じょうぶつって何、お父さん」

　子供のクロツグミが言った。

「死んでほとけ様になることですよ。ほとけさまになってヨミの国に行くことですよ」

　父親のクロツグミにかわって姥スギが答えた。

「ほとけ様にならなければヨミの国には行けないのですか」

「そのとおりですよ。ただ死んだだけでは、ほとけ様にはならないし、したがってヨミの国にも行けないんですよ」

「どうやればじょうぶつ出来るんですか」

「迷いが無くならなければいけませんね。この世の中のいろんな迷い、ねたみやしっとや憎しみ、あるいは欲ばりな気持ち、悲しみや、みれんなんかもだめらしい」

「みれんで思い出しましたがね」

ふいに親のクロツグミが口を開いた。

「亡くなった人には悪いですがね。でも震災よりも戦争の方がもっとひどいですよ」

姥スギは黙ってクロツグミの次の言葉に耳をすませた。

§

「ぼくはミクロネシアの島々からフィリッピンのネグロス島などを渡って来たんですがね。あの辺の環礁《かんしょう》には、日本の兵隊の霊がうじゃうじゃいますぜ」

姥スギはいっそう耳をそばだてた。

「とくにトラック諸島の環礁には、戦争で撃沈《げきちん》された日本軍の戦艦《せんかん》や輸送船《ゆそうせん》や戦闘機《せんとうき》などがたくさん沈んでいましてね。波の穏やかな日に上を飛ぶと、それらのおびただしい残骸が海底に黒く沈んでいるのが見えるんですよ。夜になるとあのへんの海面には、無数の発光体がきらきら光って見えるんだけど、もしかしたらあれも沈んだ船や飛行機にのっていた多くの日本兵たちの霊なのかも知れませんね」

「戦争の話なら、わたしも聞いていますよ。このへんからも沢山の人が兵隊になって、南の島へ送られて行くのを見ていますからね」

「そうそう、ネグロス島のジャングルに、姥スギさんのように年代を経た檳榔樹《びんろうじゅ》の木が立っているんですがね。彼の話によるとネグロス島では、多くの日本兵が戦闘よりもむしろ飢《う》えで死んだらしいですよ。輸送船が片っ端から海に沈められるもので、弾薬も食べ物も兵士たちまで届かない。腹の空いた兵士たちは、はじめのうちは現地の畑から芋や砂糖キビを盗んで食べていたんだが、アメリカ軍が迫《せま》ってくるんで、それも出来なくなってきて、しまいにはジャングルに逃げ込んで蛇やトカゲ、ミミズまで食べるようになったらしいですよ。一番の御馳走がカタツムリと沢ガニだったといってましたね。あのジャングルではボンガビリヤや仏桑華《ぶっそうげ》が、まるで兵隊の血のように、真っ赤な花を咲かせていましたっけ」

「へええ、さすが渡り鳥だけあって、いろいろ見てきているんですね」

「夜になると、あちこちに、やはりきらきら光るものが沢山見えるんですよ。夜光虫かもしれないが、日本兵の霊《れい》がさまよっているという人もいるらしい」

「可哀そうですね兵隊さんたちは。自分の死になっとくがいかなくて、いまだに成仏しかねてさまよっているのかもしれませんね」

「檳榔樹さんはこんなことを言ってましたね。満足な武器も食糧も持たず、ただジャングルの中を逃げ回るだけの戦争に、何の意味があったんだろうってね」

「いやですね戦争は」

「戦争ってなに」

「いやはやお前は何にも知らないんだね。戦争ってのはね、人間どうしが殺し合うことだよ。鉄砲で相手を撃ち殺したり、大砲や爆弾をうちこんだりしてね、大勢の人間が真剣になって殺し合うことだよ」

「ぶるるる、人間は何でそんな恐ろしいことをするの」

「何でだろうね。わたしにもさっぱり分からないよ」

「まったく戦争だけは分かりませんね。あれだけかしこい、人間らしくもないですね」

姥スギがクロツグミの言葉に同調するように言った。

「たしかに災害はたいへんだけど、でも戦争はもっといやだね。国と国とが力の限り殺し合いをするんだからね」

三日後

この夜も姥スギの上には明るい月が光っていました。

「今日もあちこちの家の庭先で焚火をしていましたね」

「あれはね、送り火というんですよ。迎え火をしたから次は送り火。きょうは里帰りしていた霊たちがいっせいにまた、ヨミの国に帰って行く日なんですよ」

「なるほど」

「ほら一本松の上空に、迎えの電車が来ているでしょう」

クロツグミの親子が姥スギの指差す方を見ると、いつの間にか三日まえに見た、あの電車が青白い光を発して停まっています。

電車には、からだの透き通った人間たちが次々に乗り込んでいます。

「ああ、あの女の人も乗り込むぞ。ついに今年は成仏する決心がついたんだな」

「どの人ですかい」

クロッグミが身を乗り出すようにして見ると、

「ほら、あの人形を抱いている女の人ですよ。このまえ見た女の子のお母さんですよ」

姥スギが言った。

間もなく電車は、ショーンという音を夜空に響かせて、一本松の上空をすべるように西の空に向かって走り出しました。

「あの音はね、人間たちには聞こえないんですよ」

姥スギが言いました。

ショパンの鍵《かぎ》

「ここのビフカツ、おいしかったね、兄《にい》ちゃん」

海岸通りを歩きながら、羽菜恵《はなえ》が言った。羽菜恵が指さしているのは、浜浦《はまうら》の海岸通りにある、一段高くなった空き地だ。だがぼくは無言でふり向きもしなかった。

「ここに『ボロネーズ』があったね、兄ちゃん」

羽菜恵が自分の記憶をたしかめるようにまた言った。ぼくは返事をせず、すたすたと先を歩いていく。羽菜恵がぼくの後を追いかけながら、大声で言う。

「ここに、ぜったい『ボロネーズ』があったよねえ、兄ちゃん」

「うるさい」

わずらわしくなって、思わずどなった。空き地から早く遠ざかりたくなって、足はいっそうはやくなった。羽菜恵がかけ足で追いつきながら、叫ぶように言う。

「ここに、『ボロネーズ』というレストランがあって、お父さんとお母さんと、兄ちゃんと、わたしの四人で来て、みんなで食事をしたんだよう」

ほとんど泣き声になっていた。

ぼくは情《なさ》けなかった。あそこには確かにレストランがあった。オーナーのシェフは、若いころ東京の一流店で修行してきた人で、本格的な料理をだすとひょうばんの店だった。『ボロネーズ』で家族四人で、月に一度ぐらいずつ食事をするのが、ぼくにとっても羽菜恵にとっても何よりの楽しみだったのだ。

だがその『ボロネーズ』も一年前の震災《しんさい》で流されてしまった。店ばかりではなくマスターも、ウェイトレスをしていた奥さんも亡《な》くなってしまった。なにより食事につれていってくれたぼくと羽菜恵の、父と母がつなみのせいで亡くなってしまった。ぼくの父はケーキ職人で、浜浦の駅前で母と二人で、小さな洋菓子店を開いていたのだ。

震災は楽しかった思い出を、一夜にして悲しい想《おも》い出に変えてしまった。羽菜恵の言葉に耳をかたむけなかったのは、思い出すことが辛かったからだ。そのために妹にじゃけんに当ってしまった。羽菜恵にとっては、いまだに父と母との大切な想い出なのに、それをぶちこわしてしまった。妹より自分の方が、よっぽど意気地《いくじ》なしだ。

§

日曜日の昼下がりだった。朝からテレビをみていたぼくは、少し運動をしようと思って外に出た。仮設住宅《かせつじゅうたく》はせまくて、あまり動かなくても何にでも手が届くのでつい運動不足になる。そのうえ学校の校庭も仮設住宅で埋《うず》まっているので、休み時間などでもほとんど野外で運動するということはない。

「運動不足にならないように、なるべく外で遊びなさい」

というのが最近の先生の口ぐせになっていた。仮設住宅のひとすみにある『コミュニティ広場』に行くと、片手にスヌーピーを抱いた羽菜恵が一人でブランコに乗っていた。

「羽菜恵。お友だちはどうした」

「みんな街へ買い物に行った。すみえちゃんもたか子ちゃんも」

日曜日なのでみな、お父さんやお母さんと買い出しに行ったらしい。

「羽菜恵。お兄ちゃんと、電車を見にいかないか」

ぼくは羽菜恵のさびしそうな姿に、たまらなくなって声をかけた。

その電車は震災の後、浜浦の駅から少しはなれた線路の上で止まったままになっていた。

「この電車は、キハ一〇〇形という形でな。本当は電車ではなく気道車《きどうしゃ》というんだ。ディーゼルエンジンで走るんだ」

ぼくはクラスの鉄道博士といわれている章ちゃんから聞いたことを、受け売りした。

「始発のさかり駅を出発してな。浜浦の駅にとうちゃくする前に、ここでつなみにあったんだ。知っているか羽菜恵。この大船渡《おおふなと》線が、ドラゴンレールと呼ばれていることを」

ぼくは羽菜恵をよろこばそうと、あらんかぎりの知識を話した。

羽菜恵が『ボロネーズ』の話をもちだしたのは、その帰り道のことだったのだ。

§

「おれは漁協《ぎょきょう》の総会にいってくるからな」

そう言って叔父《おじ》さんは出て行った。叔父さんは漁民《ぎょみん》で、いまは漁協の仲間の人たちと共同でワカメやホタテ、カキなどの養しょくを始めている。だが叔父さんは、守助《もりすけ》さんという仲のいい友だちと焼酎《しょうちゅう》を飲みながらこんなことを言った。

「養しょくの作業はおれには向かない。おれはやっぱり魚を捕《と》るほうが性にあっている」

「おれもそうだ。晋《すすむ》ちゃん、また二人で刺《さ》し網《あみ》をやろうや」

叔父さんは、ぼくの母の弟だ。欲しいものは何でも買ってくれる、父と母の次に好きな人だ。きっと羽菜恵もそうだろう。

震災で叔父さんも父を亡くしていた。つまりぼくのお爺《じい》さんのことだ。つなみが来るという知らせが入ったときお爺さんは、船をまもるために、沖《おき》に運転して行ったのだ。だがよそうを上回る巨大なつなみだったため、船もろとも帰らぬ人となってしまった。

震災のあと、父と母をいっぺんに失ってしまったぼくと羽菜恵を心配して、親戚の人がせめて羽菜恵だけでも引きとりたい、と言って来た。だが叔父さんは、

「両親を亡《な》くしたあげく、この上兄妹《きょうだい》まで別《わか》れ別れにさせることは出来ません」

と言って、がんとして首をたてにふらなかった。いまぼくたちは婆ちゃんと叔父さんの四人で、中学

校の校庭に作られた仮設住宅で暮らしている。

「良太、おれはまた近いうち船を手に入れるからな」

叔父さんはすぐに元気をとりもどしていた。ぼくなんかより、はるかに立ち直りが早い。

§

夕方のことだった。テレビをみていたぼくは、ふと誰かに呼ばれたような気がした。どこかで聞きなれた声だった。外に出てみると、軒下《のきした》の物干《ものほ》し竿《ざお》の上に青い小鳥が止まっている。震災の前にぼくがかっていたセキセイ・インコの『しま五郎』だった。頭と羽根に白黒のしまもようがあり、首からおなかは明るいコバルト色をしている。

羽菜恵と『しま五郎』の仲は、あまりうまくいっていない。『しま五郎』がえらそうに「ハナエ、ハナエ」と呼びすてにするのが、羽菜恵にはおもしろくないのだ。

ぼくはどういうわけか今まで、このインコのことをすっかり忘れていた。ぼくの姿を見ると『しま五郎』は、ぱっと飛び立って仮設住宅の入り口、つまり校門のところのカエデの木の枝に止まった。

「しま五郎、おまえ生きていたのか。よかったな」

ぼくが近づくと『しま五郎』は、再び飛び立って道路に出て、今度は街路樹のプラタナスの枝に止まった。しま五郎はどうやら、ぼくをどこかに案内するつもりらしい。

しま五郎が案内したのは、レストラン『ボロネーズ』だった。

『ボロネーズ』の窓には明かりがこうこうと輝《かがや》いており、駐車場には大きなミズキの木がうっそうと枝を広げている。何もかにも震災の前のままだった。

ドアを開けて入っていくと、ぼくたち家族がいつもすわる奥の席に、お父さんとお母さんがすわっていて、にこにこ笑っていた。

「いらっしゃい。どうぞこちらの席へ」

奥さんが席へ案内すると、マスターが水のはいったグラスを持って来て注文をきいた。

ぼくはいつものようにオムレツをたのんだ。マスターのつくるオムレツはふっくらした焼き上がりで中は半じゅく状態のとてもおいしいオムレツなのだ。

「どう、元気だった？」

お母さんがとてもうれしそうな笑顔をみせて言った。

「羽菜恵も元気か」

お父さんも笑顔をみせて言った。笑顔だが二人ともどこかさびしそうだった。

「おれたちが油断したばかりに、こんなことになってしまって、お前と羽菜恵には本当にすまないと思っている」

お父さんがまじめな顔をして、そう言った。するとこれは夢かなんかで、二人ともやっぱり死んでしまったんだ。そう思うと、ぼくは急に悲しくなった。

三人で食事をしながら、しばらくぼくと羽菜恵のいまのくらしや、楽しかったころの思いでなどを語り合った。オムレツを食べながら、ふっと羽菜恵に悪い気がした。羽菜恵がいたら今ごろは、きっとビフカツにかぶりついていただろう。

§

「シバサキさん、そろそろ出発のお時間ですよ」

どのぐらい経《た》っただろうか、マスターが時計を見ながらカウンターの向こうから声をかけた。お母さんが、あわてたようにポケットから何か取り出してぼくの手に握らせた。それはお母さんが大切にしていたオルゴールのカギだった。それはお母さんが大切にしていたオルゴールで、宝石入れもかねた豪華なもので、音も本格的だった。

曲《きょく》はショパンの『別《わか》れの曲』という、とても美しい曲だ。お母さんはこの曲が大好きで、よく聞いていた。ぼくも時々そばで聞いているうちに、この曲が忘れられなくなっている。きっと羽菜恵の耳にも残っているはずだ。

「あのオルゴールの曲は、『ピアノの詩人』といわれるショパンの曲よ。心の支えだった大切な人をなくした時に聞きたくなる、とてもいい曲だわ。別れの曲というけれども、本当は聞いていると心がやすらいでいく、美しい、いやしの曲なのよ。だから悲しいときに聞くと、きっと悲しみをやさしくぬぐい去ってくれるはず」

お母さんはそう言った。

「さあさあシバサキさん。いそがないと電車が出ていってしまいますよ」

みなが向かったのは、『ボロネーズ』の西の方にある、浜浦の駅だった。浜浦駅のホームにはあのキハ一〇〇形の電車が止まっており、窓にはこうこうと明かりが灯っていた。電車のよこには『ヨミの国行き』と書かれたプレートがかかっており、中にはすでに沢山の人が乗っていた。電車に飛び乗りながらお母さんがぼくの右手を指さした。

「翔ちゃん、それ」

ぼくの手のなかには、あのカギがあった。取っ手のところに複雑《ふくざつ》なすかし模様《もよう》の入った、美しい銀色のカギだ。バロック様式だと前にお母さんに聞いたおぼえがある。

「いいこと翔ちゃん。悲しくなったときに、このカギをにぎりしめて胸にあてるの。そうしながら別れの曲を聞いてごらんなさい。きっと悲しみが消えて、心がいやされるはずよ。この曲はきっと羽菜恵も覚えているはずだから、時々羽菜恵にも同じようにしてあげてね」

お父さんとお母さんが、窓から身をのりだして手をふっている。お父さんの背中に『しま五郎』が、振り落とされないように、しっかりつかまっていた。間もなく電車は、キーイッ、ゴトン、ゴトンという音をたてながら、青い夜の中に消えていった。

§

翌日目覚めたぼくは、身の周りをさがしたが何も見つからなかった。あれはやはり夢だったのだ。ぼくはなんだか急に淋しくなって、一人で外に出た。そして一キロほど下に下ったところにある浜浦駅に行った。駅とはいっても今では、駅舎も何もないがらんとした空き地だった。ぼくの家はそのすぐ下にあったのだ。ぼくはガレキがかたずけられ、ブロックの基部だけが残っている家のあと地を歩いてみた。するとすみっこのところに土に埋《う》まってキラリと光るものが見えた。ぼくは傍《そば》にころがっていた板っきれをひろって、いそいで掘ってみた。出てきたのは、あの銀色に光るオルゴールのカギだった。

§

「守助さん。おれは今度は八トン級の船にしようと思ってる」

「んだが。したら晋《すすむ》ちゃん、まだおれも乗せでくれるべえ」

「ああ、またいっしょにやろうや。サケだのメヌケだのタラだのをどっさり捕ってよう、またりっぱな家を建てるべえ」

叔父さんはおなじ漁民の守助さんと焼酎《しょうちゅう》を飲みながらおおいに気焔《きえん》をはいている。

守助さんは元は、亡くなった爺ちゃんの船で助手をやっていた人で、やはり仮設に住んでいる。ふたりの顔はアルコールと日焼けで、レンガのような色をしていた。

「叔父さん、お願いがあるんだけどな」

「ああ、なんだ」

「いつでもいいから、ＣＤプレイヤーを買って欲しいんだけど。小さいやつでいいから」

叔父さんの機嫌《きげん》がよく、頼みごとをするには、いいタイミングだった。

「ああ、いいとも。そんなものすぐに買ってやるよ」

「それとCDも一枚だけ、欲しいのがあるんだけど」

「なんのCDだ。トバ・イチロウの兄弟船《きょうだいぶね》か」

「そうじゃなくて、ショパンの『別れの曲』というやつさ」

叔父さんはちょっと考える目になった。それから、「姉さんが好きだった曲だな。よし分かった」と胸をたたいて言った。

叔父さんは意外にはやくCDプレーヤーを買ってくれた。船や漁業資材《ぎょぎょうしざい》を見に八戸《はちのへ》に行ったとき、ついでに買ってきてくれたのだ。コンパクトなCDラジオだが、両サイドのスピーカーは大きく、音はすばらしかった。それといっしょに、ショパンのピアノ曲のCDも買ってきてくれた。ジャケットの裏《うら》を見ると『別れの曲』以外にも何曲かピアノ曲が入っている。中に『ボロネーズ』というのがあって少しおどろいた。その日ぼくは、CDは聞かなかった。何かもったいないような気がして、ラジオだけを聞いた。

§

春休みが終わってぼくは五年生になった。入学式の日、一年生になる羽菜恵は、震災の支援品でもらった赤いランドセルをせおって、叔父さんと二人で出かけて行った。

ところがはり切って出かけていった羽菜恵が、帰って来たときはひどく元気がない。

「なんだ羽菜恵。一年生になったのがうれしくないのか」

ぼくが聞いてもだまって横をむいたままだ。

「ほかの子たちが父ちゃんか母ちゃんの同伴だろ。おれじゃ、まんぞくしないらしい」

叔父さんがそっと耳うちしてくれた。叔父さんは、なんだか悲しそうだった。

「羽菜恵、ちょっとこっちへおいで」

ぼくはとなりの部屋に行った。そしてCDラジオに『別れの曲』をセットした。それからカバンからあのカギを取り出した。

「羽菜恵、これがなんだか知っているかい」

「あっ、オルゴールのカギだ。お母さんのオルゴールのカギだ」

「いいかい。これをにぎりしめて、胸にあてがってごらん。そして目をつむってるんだ」

ぼくはCDラジオのボタンをおした。するとたちまちせつなく美しいピアノの旋律《せんりつ》が、ぼくと羽菜恵を包み込んだ。

「ショパンだ。お母さんの大好きだったショパンだ」

羽菜恵はうっとりとした表情になってつぶやいた。

霧の中のヤツガシラ

「いっしょに死のうか」

「そうしましょうか」

荻原《おぎわら》さん夫婦がそんな言葉をかわしたのは東京にきて、一年が過ぎたころだった。

「生きていたって何にもすることがないんですものねえ」

「このままだらだらと老人ホームに入るのを待っていたって、ちっとも楽しくないものな」

「もうお金もわずかしか残ってませんしね。なにしろ都会は、一歩外へ出れば、お金がどんどん出ていきますからね」

「なんか世の中から、置いてけぼりにされてしまったような気分だねえ……」

「子供たちにとっても、お金のない親なんてただのお荷物にしかすぎないでしょうしね」

「おれたちって、もうこの世に用のない人間なのかもしれんな。それならやはり、もうグッバイしたほうがいいのかもしれない……」

「そうかもしれませんねえ。子供たちにめんどうをかけるようになる前にね。きれいにさよならした方がいいかもしれませんね」

§

荻原さんと奥さんが東京に出てきたのは、震災《しんさい》からまる二年がすぎたころだった。あの巨大な大津波は、海が見える丘のふもとにあった荻原さんたちの家を、街もろともあっという間にのみ込んでしまった。

そのとき荻原さん夫婦は、家の後ろにある丘の上にひなんして、危機一髪《ききいっぱつ》で助かったのだった。丘の上から二人は、長い間くらした自分たちの家が、むざんに波にさらわれていくのを、手足がもぎとられるような思いでながめていたのだ。

「集団高台移転《しゅうだんたかだいいてん》に参加しますか」

「そうだな、高台移転に参加すれば、もとの家のしき地は市のほうに買ってもらえるし、それと退職金の残りを合わせれば、小さな家ぐらいは建てられるかもしれないな」

「小さな家で十分ですよ。二人の終《つい》の棲家《すみか》にはね」

震災から二年が過ぎたころ、二人は仮設住宅《かせつじゅうたく》でくらしながら、そんな計画を立てたのだった。ところが東京に住んでいる息子と娘に反対された。

「あと何年、生きるつもりで家なんか建てるの」

嫁に行った娘の美緒子《みおこ》が言った。

「家を建てるお金がもったいないよ。お父さんとお母さんが死んだら誰が住むの。ぼくは田舎になんか帰らないからね。それに東京にマンションを買っちゃったし」

東京にいる息子の敏男《としお》が言った。荻原さん夫婦はこまった。

「しかたがない。災害公営住宅《さいがいこうえいじゅうたく》にでも入ろうか」

「嫌ですよあんな高い建物は。上階にでも当ったら困るわ。わたし高所恐怖症《こうしょきょうふしょう》なんですよ。それに知らない人が多いし、家賃だって安くないって言うじゃありませんか」

「じゃあ、どうするんだ」

「小さな家でいいんですけどねえ。前みたいに海が見えるところなら」

娘の美緒子から、自分の家に来ないかとさそいがあったのは、そんな時だった。

§

東京の郊外にある娘夫婦の家には二人の子供がおり、新築だがせまかった。家のローンを払うために、娘夫婦は共稼ぎだった。荻原さん夫婦の仕事は家の掃除と、まだ小学生の下の子供の送り迎え、それに夕飯の支度だった。

夕飯のおかずを買うお金は荻原さんたちが出さなければならず、また時々家のローンも払わせられることがあった。

「ねえお母さん。ローンを差し引かれる通帳の残高が今月は足りないのよ。悪いけど少し貸してくれない」

そんな調子だった。ある日そんな情況《じょうきょう》を知った息子の敏男が怒りだした。

「働かされたうえにお金までむしりとられるんじゃ、家政婦《かせいふ》よりひどいじゃないか。それにこのせまい家に六人じゃ息がつまるようだろう。もうぼくのマンションに来いよ」

息子は姉と掛け合うと、ほとんど強引《ごういん》に父と母を自分のマンションに連れていった。

「都心にもわりと近いし、近くにデパートや公園もあるからたいくつしないよ。ここで毎日のんびりと暮らしたらいいよ」

だが、そののんびりが間もなくたいくつに、そしてたまらなく心細い思いに変わるのに、そう時間はいらなかった。

「東京って人が多いわりには、あまり人間どうしのつながりがないんですね。ご近所づきあいもほとんどないし」

「まわりはみな知らない人ばかりだからね。会社づとめでもしてないかぎり、おれたちみたいなよそ者の年寄りには、ただたいくつなだけだよ」

「デパートはつかれるし、公園に行ってもただぼんやりしてるしかなくて、さびしいだけですものねえ」

「マンションには庭がないから野菜作りもできないしなあ」

「ベランダでプランターでもやってみたら」

「駄目だよ。プランターは虫がわくからやめてくれって、となりの人に去年おれの方から抗議《こうぎ》したくらいだから」

息子はそう言って、プランターの話をあっさり反対した。

「それよりマンションの残金がまだ少し残っているんだよ。払ってくれないかなあ。自分たちの家賃だと思ってさあ」

§

§

「何もやることがなくて、毎日がもうたいくつでたいくつでたまらん。田舎にいたころは、野菜をつくったり花を植えたり、庭の草むしりをやったり、家の周りの伸びすぎた木の枝をきったり、何かしらやることがあって、毎日けっこういそがしかったものだ」

「なんにもやることがないって、とても辛いことなんですねえ……」

「このまま年金をもらって、たいくつに細々《ほそぼそ》と暮らすしかないのかなあ」

「もともと細々ですよ。ぜいたくなんかしてませんよ。それでも家賃や食費を払ったら、東京ではとても暮らしてはいけませんからねえ」

「このままむだに時間をつぶして年をとって、老人ホームに入るのをただ待っているだけなんて、張り合いのない人生だなあ……」

「こうやって生きていてもしょうがないような気がしますねえ。私たちって本当にもうこの世には、何の用もない人間なのかしらねえ……」

どちらからともなく、「死にましょうか」という話になったのは、そんな時だった。

そのあと二人は、しばらくだまってお茶をすすっていた。

「わたし考えたんですけどねえ、どうせ死ぬならもういっぺん、ふるさとの海を見てから死にたいなって」

「おれもそれを考えていたんだよ。もういっぺん三陸のあの浜浦の海を見たいってね」

「ハマナス荘が高台に移転して、新しい建物で営業を再開したらしいわ。死ぬ前に二、三日、ハマナス荘に泊まってゆっくりしましょうよ。」

ハマナス荘というのは震災まえの荻原さんたちの家の近所にあった民宿で、やはりあの大津波で流されてしまったのだった。

§

「こんにちは。部屋はあいてますでしょうか」

ふるさとに帰った二人は、さっそく『ハマナス荘』を訪れた。

「おやおやこれは荻原さんじゃないか。帰ってきたのかい。どうぞどうぞ、部屋はいくらでもあるからとにかく上がってよ」

『ハマナス荘』の主人が、うれしそうに二人を出むかえてくれた。よくじつ、二人が帰っているという話を聞きつけて、さっそく源次郎《げんじろう》さんが駆けつけてきた。源次郎さんはやはり荻原さんの家の近所に住んでいた人で、浜浦の町内会の会長さんだった。いまは近くの高台に家を建てて移住し、ひきつづき町内会長をしているらしい。

源次郎さんは二人にこんな話をした。

「すぐそこの岬《みさき》のてっぺんにさ、家があるだろう。校長先生をやっていた小島さんと奥さんが住んでいた家だよ。ふたりとも車で街にでかけていた時に震災でやられてしまって、それから空き家になっているんだよ。その息子さんは外国にいるんだが、あの家に帰る気はないらしい。ただ想い出のある家だからこわすのもしのびない。税金分《ぜいきんぶん》の家賃でいいから、だれか住む人がいないかって、わたしが管理をまかされているんだよ。家にあるものは何でも使ってもいいし、いらなくなったら捨ててかまわないと言うんだ。そこでどうだろう荻原さん。こっちに帰ってくる気はないかい。村もさびしくなっているからね、ひとりでも人間がふえるってことは、ありがたいんだがね」

荻原さん夫婦は、すぐにその話にとびついた。

§

その家は潮風をふせぐためのタブの木やヤブニッケイの林に囲まれた、しずかな場所にあった。日中はヤマガラや磯ヒヨドリの鳴き声がひねもす聞けたし、ちょっと林を抜ければ浜浦の海と浜辺を見渡せる眺めのいいところだった。

家は木造だが、白いペンキの外壁とバルコニーのある西洋風の造りで、夜にバルコニーに出ると、満天の星空を見ることが出来た。

「わたしたちの前の家よりも広くてモダンだね」

「庭が広くてもったいないわね。花だんを作りたいわ」

「家庭菜園もやれるね」

「物置にクワとかショベルとかカマなんかが、あったわ」

翌日、源次郎さんが車でやってきた。

「町へ買い出しに行くんだがね。いっしょに行かないかね」

「ちょうど行きたいと思っていたところですよ。花や野菜のタネを買いにね」

「それと食糧も仕入れなけゃ」

「ここも交通さえ便利なら、いいところなんですがねえ」

「そのうち中古の軽トラックを買うといいよ。あれは便利だよ」

源次郎さんが言った。

§

数日すると顔なじみの漁民の田之八《たのはち》さんがやってきた。

「荻原さん、これ食って助《す》けねえが、今年はこんなものがどっさり採《と》れでこまってるのさ」

田之八さんがもってきてくれたのは、ざるいっぱいのシウリ貝だった。

「多がったら茹《ゆ》でで、凍結しておげばいいがら」

田之八さんは昔からいろいろな海産物を持って来てくれる人だった。

「こんどタコ釣って、もって来っから」

潮焼けした顔に、しわをいっぱい溜《た》めて笑った。

「ありがたいねえ。朝方はうしろの山下さんから野菜をどっさりいただいたし」

「こっちも負けないように野菜をつくろうよ」

荻原さん夫婦は庭の南端に三十坪ほどの家庭菜園を作って、毎日せっせと働いた。また奥さんはプランターに何種類もの花を植えた。

「仕事があるってことは有りがたいねえ」

「やっぱりなんか、張り合いがありますよねえ」

§

ある日のこと源次郎さんの奥さんが来て言った。

「ねえ荻原さん、亀の子会に入らない？　歩け歩け運動のサークルなのよ。月に一回ていど、みんなで十キロぐらい歩くんだけど、バスで新緑の山や紅葉の八幡平《はちまんだいら》に行ったりもするのよ。楽しいわよ。お二人とも入んなさいな」

「楽しそうだね。入ってみようか」

§

その日は海からのぼってくる白い霧が、林も家のにわもすっぽりとおおい隠した。霧が晴れたとき奥さんがさけんだ。

「あなた見て見て、ヤツガシラよ。なんてきれいなんでしょう」

「ほんとうだ。この辺ではめったに見られない旅鳥だよ」

ヤツガシラは黒と茶色の長い羽冠《うかん》を頭にいただいて、ひょこひょこと庭を歩いていた。荻原さん夫婦はしばらくうっとりとして、ヤツガシラに見とれていた。

「おれは思ったんだけどね」

「なんです。何を思ったんです」

「財産《ざいさん》というのは、なにもお金や物だけじゃないなあ、ということだよ」

「というと？」

「人間にとっての財産というのは、長い間くらした土地での人と人とのつながりであったり、なじんだその土地の風景や想い出や、そういったいろんなものが財産なんだって」

「そうですね。わたしたちにとっての財産はこの浜浦の海岸の風景や波の音や、カモメの鳴き声、しょっちゅう魚やワカメなんかを届けてくれるご近所の人たちとのつきあい、時々海からはい登ってくる濃霧《のうむ》でさえわたしたちの大切な財産だったのかもしれませんねえ」

「だからさあ、おれたちにはまだたくさんの財産が残っていたんじゃないかって。もう家は建てられなくなったけど、でもここでそんな財産にかこまれて、ゆっくり年老いていくのもいいもんじゃないのかって」

「そうですねえ。それが何よりの幸せかもしれませんねえ」

いつの間にか荻原さん夫婦は、死のうと思ったことなんかすっかり忘れていた。

黄色い屋根の上の少女

スナック『たんぽぽ』はT市の高台にあった。以前の店は下の平らな街の中にあったのだが、震災《しんさい》のときの大ツナミで、街もろとも流されてしまった。それで震災の二年後に、この高台に新しい店を建てたのだった。

その日は十二月の二十五日で、クリスマスの晩だった。夕方から雪が降りだしており、店には客がたった一人しかいなかった。

「震災の後おもしろいなと思うのは、街がなくなったかわりに山の中や静かな住宅地に、ぽつりぽつりとこんなスナックとかお菓子屋さんなどが出来たことなんだ。散歩なんかしていてひょっこりそんなお店に出あうと、何だか楽しいような気持ちがしますよ」

たまに顔をみせるその客は、カウンター越しにマスターにそんなことを言った。

そのとき表のドアがぎいーっと引き開けられて、雪まみれになった男が入って来た。

「おや佐々木先生、いらっしゃい」

「ふうー、積《つ》もってきやがったよ」

佐々木先生と呼ばれた人は、奥に来るまえにバタバタと肩や背中の雪を払った。

「先生、こっちへおいでよ。今夜はお客さんが少なくてさびしいからさ」

初老のマスターは、笑顔で先に来ていた客の近くの席をしめした。

「もうどのぐらいになるかね、この店がここに来てからさ」

ビールを飲み始めながら先生がマスターに言った。

「ようやく二年たったばかりですよ」

そう答えたあとでマスターは、ごま塩のあごヒゲをなでながらすぐに言葉をつないだ。

「震災の後、店をやっていて気が付いたことは、震災からもう四年も経《た》つのに、最後はみな決まったように震災の話になるってことなんだ。あの震災では、誰もがそれぞれ心に、いろんな形の傷《きず》を負ったようだ。その心の傷をなんとか癒《いや》してやりたいって思うんだが、とてもわたしなんかにはそんな力はない。せめて親切に耳をかたむけて、最後までじっと話を聴《き》いてあげることだと思っている。だが今夜はそうでもないかもしれない。もしかしたら誰かの、心の重荷《おもに》を、四年ぶりに降ろしてやることが出来るかもしれない」

マスターは何か意味のありそうなことを言ったあとで、

「先生、こちらは市役所につとめている本田さんという方です。この店で前に顔ぐらいは合わせたことがあるよね」と紹介した。それから本田さんに向かって、

「本田さん。先生にあの話を聞かせてやってよ。あんたの心の重荷になっている、あの話をさ」

とせがむように言った。マスターの何だか訳のありそうな言い方にことわり切れなくなって、本田

さんはおもむろに口を開きはじめた。

§

――あの日ぼくは、外のしごとから役所へ帰ってきたところだったんです。ところが庁舎に入る直前にあの地震がきました。あわてて引き返し、庁舎《ちょうしゃ》前の公園で様子をみていたら、中から大勢の職員がぞろぞろと飛び出してきました。

それは今までに経験したこともないような大きな地震でした。市庁舎の長い建物が波をうったようにゆれ動き、駐車場ではたくさんの車がまるでフライパンの上で豆がはぜるようにボンボンと跳びはねていました。

ゆれは十五分ぐらいも続いたでしょうか。そのうち誰からともなくツナミが来るという情報が入りました。そこで手分けして市内にけいほうを発したり、地震のひがいの状況を調べようということになり、再びみんなで庁舎の中に戻っていきました。これまでの経験から、ツナミもまさかここまでは来ないだろうと誰もが思っていたのです。市役所は広いT市の中でも山の手に近い、いちばん奥の方にあったからです。

「ツナミが来たっ！」

誰かがさけんだのは、庁舎の中の自分の部署にもどってから間もなくのことでした。

思わず窓から外を見ると、まっ黒い濁流《だくりゅう》のような波がもう目の前の公園のところまで押し寄せていました。外に飛び出して背後の高台の方まで逃げるには、もう遅すぎました。

「ここも危ないぞ。屋上にひなんしよう」

みなで四階建ての庁舎の屋上にかけあがって行きました。屋上に行くころにはもう波は庁舎の半分をのみこんでいました。上に行って分かったことですが、大ぜいの仲間が逃げおくれておぼれ死んだということです。ぼくたちは屋上から、すっかり濁流の底に沈んでしまったT市の町をただぼう然としてながめていました。波はぐんぐん水位をあげ、屋上のすぐ下までせまっていました。ぼくたちは自分も、いつ波に呑みこまれることかとはらはらしていました。さいわい波は、それ以上は水位を上げることなく、庁舎のまわりを川のように流れてゆきます。

そのときでした。屋上にいるぼくたちの目の前を、さまざまなガレキといっしょに黄色いカワラ屋根の家が流されて行くのが見えました。それと同時に、「たすけて下さい」「たすけて下さい」というさけび声が耳に入ったのです。

見ると、黄色い屋根の上のいちばん高いところに、小さな女の子がしがみついているではありませんか。女の子はひっしに助けを求めていますが、まわりはガレキの渦巻《うずま》く濁流でどうすることもできません。ただただ、「がんばれっ！」「手を放すな！」とみんなでさけぶことしかできません。そのうち少女は屋根といっしょに後ろの方に流されて見えなくなってしまいました。ぼくたちは胸の張り裂けるような思いでただただ少女を見送るしかありませんでした。

§

「その少女のことが、震災いらいずうっと本田さんの、心の重荷になっているんですよ」

マスターが佐々木先生に、何かをうったえるような目をして言った。

「あの大ツナミでは、大勢の役所の仲間も亡くなりました。一人一人の仲間の顔を思い浮かべると、時どき自分だけこうして生きていることが悪いような気持ちにおそわれます。あの少女は、ぼくのそんな悲しみを代表しているように、思えるんです。ぼくだけではありません。あの時、屋上にいたみんなが、あの少女のことは心に残っていると思います」

本田さんはそこまで言うと、いっとき言葉をおいて、コップのビールをごくごくと飲みほした。そしてふたたび、

「保育園の年長ぐらいの女の子でした。いまでも、ぼくの気持ちに焼きついてしまったように、毎日あのときの少女の姿がまぶたに浮かんでくるんです。少女が、あの後どうなったかを考える勇気は、ぼくにはありません」

と言って本田さんは、コップをにぎりしめたまま、うなだれた。

「さあこんどは佐々木先生の番だよ。いつかのあの話をして下さいよ。本田さん、いいですか、先生の話をよく聞いていて下さいよ」

マスターは明るくそう言って、本田さんのコップにビールを注いでやった。

「わたしはT小学校の四年生の担任をしている佐々木といいます。今年の春にわたしは、自分のクラスの子供たちに作文を書かせました。四年前の震災の記憶についてです」

佐々木先生は語りだした。

「わたしのクラスの子供たちは震災のとき、まだ保育園《ほいくえん》の子供でした。四月に一年生になる予定の子供たちだったんです。作文の結果は震災のときのことをよく覚えていない子と、いまでもはっきりと覚えている子に分かれました。でも覚えていないという子供でもその後の大人たちの話をずうっと聞いて育っていますから、ほとんどの子供たちはなんらかのかたちで震災について書いてくれました。震災の時の記憶をとても良く記憶している子どもの中に、こんな事を書いた子が一人だけいました」

佐々木先生は何かの決心をするかのようにいったん言葉をおくと、

「マスター、お酒に変えてくれませんか」

と言って、それまでのビールをお酒に切りかえた。

「その子の作文の内容は、およそこういうものでした」

佐々木先生は、自分のクラスのある生徒が書いた作文を、記憶をなぞりながら語り始めました。

§

――あの日わたしは少し熱があったので保育園《ほいくえん》を休んで、おばあちゃんと家でるすばんをしていました。お昼を食べてからテレビをみていました。少したったころ、とつぜん大きなじしんがきました。家がぐらぐらとゆれて、立っていられないほどでした。わたしはおばあちゃんにしがみついて、こわさに泣くのもわすれていました。

するとサイレンがなり、ツナミがくるからヒナンしなさいという放送がありました。おじしんは少し静かになっていましたので、おばあちゃんは「ようすをみてくる」と言って二階にあがっていきました。ひとりになるのがこわかったのでわたしも急いであとを追いました。ベランダにでて海の方をみていたおばあちゃんは「あああああ、もうあそこまで来ているよ。いまからじゃとても逃げられない」とさけびました。

わたしの家から高台のほうまでは、ずいぶんきょりがあるのです。こどもとしよりの足では、とても波にはかなわないとおばあちゃんはいいました。波はすごいいきおいでもう家の下を川のように流れはじめました。そしてぐんぐん高くなってきます。

おばあちゃんは部屋から椅子をもってきてその上にのり、わたしをカワラやねの上におしあげました。そして「上にいってやねのつきだしたところにしっかりつかまっていなさい」といいました。そのあとじぶんも登ろうとしたのですが、とてものぼることができません。そのうち波はおばあちゃんの腰のところまできました。「おばあちゃん」とわたしがさけぶと「はやく上にいきなさい！」とおばあちゃんはしかるように大きなこえでいいました。わたしは屋根の上によじのぼって泣きながらうえのつき出たところにひっしでつかまっていました。やがて家がふねのようにうごきだしました。まわりをみると町ぜんぶがおくにむかって流されているようでした。

しやく所のそばを流れるとき、おく上でおおぜいの人たちがこっちをみながら、「がんばれ」「がんばれ」とさけんでいました。

わたしはいっしょうけんめいに「たすけて下さい」「たすけて下さい」とさけびました。いま考えると、あの状況ではだれにもどうすることもできなかったのです。屋根の下のわたしの家はゴンゴンとしんどうがして、波にもまれてしだいにこわれていっているようでした。黄色い屋根ガワラが下の方からバラバラと落ちていき、いつじぶんもふり落とされるかと思うと、こわくてこわくてたまりませんでした。少しすると家がながれるのをやめました。町のいちばん奥にゆきついたらしく、高台のふもとのあたりに、船がざしょうするように引っかかったようでした。

上は木がたくさんしげった林で、林の中から大ぜいの大人たちが下ってきて、腰につなをむすんだ人がわたしを抱き上げて助けてくれました。林の中を上にのぼってから見ていると、まもなく私のいえの黄色いやねが、また流れにさらわれていくのが見えました。

§

「その子供はさいわい両親も無事で、そのひと月ぐらい後に小学生になりました。いまは元気で来年は五年生になります」

佐々木先生はそこまで言うと、わすれていた酒を思い出したようにして口にはこんだ。

「いま黄色い屋根って言ったよねえ。たしかにそう書いていたんですか」

マスターが年をおすようにして聞いた。

「はい、まちがいありません」先生が言うと、

「二人の話の、わたしはそこのところを覚えていたんだよ。黄色い屋根の家ってそうざらにあるもん

じゃない、ねえ本田さん……」

マスターがふと見ると、本田さんは下を向いて肩をふるわせていた。

「その生徒の名前はかんべんして下さい。たぶん教師としての守秘義務《しゅひぎむ》にあたると思いますので」

先生がむしろいたわるようにそう言うと、

「かまいませんよ。もう十分ですよ」

本田さんは手の平でなみだをぬぐった。マスターがタオルをのべてやる。

帰るときに本田さんがふり返って言った。

「ありがとう。いいクリスマスプレゼントをいただきました。あのとき屋上にいたみんなに、この話をしてやります。おかげで今夜からぐっすり眠れそうだ」

本田さんがドアを開けると、外にはあい変らず雪がさんさんと降っていた。

キャンドル・パーティー

地震が起こったのは、学校から帰ってから間もなくのことだった。家にかえってばあちゃんに、何かおやつをねだろうと思っている矢さきのことだ。とつぜん、ぐらぐらんと、家が揺《ゆ》れた。立っておれないほどの強い揺れで、じいちゃんはとっさに柱にしがみついた。ぼくとひな子とばあちゃんは、畳の上に体をまるくしながらしゃがみこんだ。すぐに止むだろうと思っていたら止まずに、揺れはますます大きくなってくる。

じいちゃんが、ちょっと揺れが小さくなったすきに、げんかんの戸を開けて、さけんだ。

「外に出ろっ！　屋根からカワラが落ちてくるから、すばやく飛び出せっ！」

ぼくたちははだしで外に飛び出した。じいちゃんがあとから皆のはきものを持って出てきた。揺れはいぜんとして続いていた。これまで経験したことがないほどの、すさまじい揺れだった。庭でじいちゃんの軽トラックが、コサックダンスのようにぼんぼん跳ねていたし、畑の向こうの杉林が上から下まで大きく波うって揺らいでいる。

「これは津波《つなみ》がくるぞ。たぶん、でかいやつだぞ」

じいちゃんが言ってから間もなく、防災けいほうが大音きょうで、津波けいほうを発した。その時ぼくは、思わず北の方角に向かって走っていた。

「こら瑛太《えいた》、どこさ行くっ！」

背中でじいちゃんの声がしている。

§

ぼくの家は、浜浦湾《はまうら》の南がわに半島のように突き出ている岬の、てっぺんにある。その北がわは高い崖になっており、下には浜浦湾が谷川のように深く陸地に切りこんでいる。湾の向こう側には、海沿いに浜浦の商店街が立ち並んでいる。商店街にはクリーニング店や酒屋さん、ケーキ屋さん、ガソリンスタンドに自転車屋さん、パーマ屋さんに床屋さんに信用組合に自動車修理工場、漁業組合に八百屋さんに雑貨屋さんに漁具《りょうぐ》店などがびっしりと立ち並んでいた。湾の奥のつき当りには、スーパー『はまうら』があった。『はまうら』はぼくのクラスメイトの、健太君のお父さんが経営している、浜浦ではいちばん大きな商店だ。ぼくはその健太君が心配で、下を見下ろせる崖の上まで走ってきたのだ。

ぼくがかけつけた時には、その商店街の前の海が黒く盛り上がって、街が今まさに波に飲みこまれようとしているところだった。

波は見る間に水位を上げ、対岸の商店街をあっという間に飲みこんでしまった。

屋根だけ見せて、おくの方に流されて行く家もあった。自動車が何台も、テントウムシか何かのように、ぷかぷかと波の上にういていた。気がつくと建物がぶつかりながら崩壊《ほうかい》する音や、波が障害物《しょうがいぶつ》に打ち寄せる音、そのほか有りとあらゆる音がまざり合って、「ごっ、ごごごっ、ごおん」というような、凄まじい音が鳴り響いている。

浜浦の街が、はかいされる音だ。

ぼくは両の手をにぎりしめて、発する言葉も無く、ただぶるぶると体をふるわせながらその様子を見ていた。はじめて目にする、自然のとほうもない力だった。

やがて目の前の谷間が、山おくの湖《みずうみ》のようにすっかり水にうずまり、街も何もなかったかのようにいっとき静止した。

それから急げきに波が引き始めた。波がすっかり引いてしまうと、浜浦の街は消えており、残ったのは一面のガレキの原っぱだった。前に本で見た記憶がある、原爆《げんばく》が落とされたあとの広島や、空襲《くうしゅう》のあとの東京の焼け跡のようだと思った。

〈健太君はぶじに逃げただろうか〉

波が引いたあと、ぼくがまっ先に思ったのはそのことだった。

健太君はついさっき、ぼくと一緒に学校から帰ってきたばかりだった。

§

その晩お母さんは帰って来なかった。

電気も水道も使えなくなっており、電話はもちろんじいちゃんの携帯《けいたい》も通じなくなっていた。じいちゃんは物置から石油ランプを出してきて部屋に吊《つ》るした。ガスはプロパンで、まだボンベにだいぶ残っていたらしく、台所のコンロだけは使えた。水は非常用に、大きなポリタンクに入れたものが風呂場に置いてあった。

ぼくたちは、ばあちゃんが残りご飯でつくった「おじや」で、夕飯にした。

「お母さんは無事かな」

「お母さんはどうして帰ってこないの」

ぼくと妹のひな子が、口々に言った。

「あの時間なら大丈夫だろう。病院はいちばん高い場所にあるからね」

じいちゃんが言ったのでぼくは少し安心した。あの時間というのはお母さんの勤務時間のことだ。

ぼくの家では三年前にお父さんが交通事故で亡くなったため、五人家族になっている。停電でテレビも見れないので早めに布団に入った。眠る前にぼくは健太君のことを思った。健太君のところのスーパー「はまうら」は、がれきの中から前足が折れて膝《ひざ》まづいている牛の背中のようにかしいだ屋根をみせていた。

〈健太君は無事だったろうか〉〈ちゃんと逃げることができたろうか〉

地震は、ひと晩中、続いた。

§

学校はそのまま春休みになった。町内で家を流された人たちは、ぼくの家の近くにある神社の社務所に避難して夜を明かした。翌日からばあちゃんは、『たき出し』に出た。『たき出し』は、となりの漁民をしている加藤さんの家の作業小屋で行われた。

『たき出し』のおにぎりは、冷えてかたくておいしくなかったが、ばあちゃんが作ったサンマの煮つけがあったので何とか食べられた。電気が止まったのでばあちゃんは、冷凍庫にあった魚や肉が悪くならないように、ぜんぶ煮つけたのだ。

午後になってぼくは、近所のせつ男君と遊んだ。せつ男君はぼくより一歳年下の四年生だ。せつ男君の家には、被災したしんせきの人が四人も避難して来ているので、狭くてつまらないので遊びに来たと言った。遊ぶと言っても下はがれきでうずまっているし、外には家も車も船も、何もかも失ってやることがない大人たちがうろうろしているので、ぼくの家でゲームをしているだけだ。せつ男君はいろいろ話しかけてくるが、ぼくは年下の子と遊ぶのはつまらないので、あまり話すことはなかった。だがせつ男君からの情報で少し分かったことがあった。健太君の住んでいる浜町地区の人たちは、街裏の山のすそ野にあるお寺の本堂に避難しているということだった。

「健太君はぶじだろうか」

とぼくが言うと、下はがれきの山だし携帯もつながらないので、まだ連絡がとれない。誰かが亡くなったのか、そうだとすれば何人かなど、まったく分からない、ということだった。

§

お母さんが帰ってきたのは、震災から三日たってからだった。お母さんは船戸《ふなと》市の背後の山すそを通っている縦貫道《じゅうかんどう》を走り、途中から山に入り林道を通って浜浦に帰ってきたのだ。ぼくもひな子も、三日ぶりにお母さんの顔を見てうれしさについ顔がほころんだ。夕方になって部屋の中が急に暗くなった。椅子の上に置いてあるランプの火が小さくなってチロチロと消えかかっているのだ。

「ランプの灯油がなぐなったな」

と、じいちゃんが言った。するとお母さんが仏だんの下の引き出しから太いローソクを出してきた。それからマグカップの底に生け花で使うけんざんを入れて、そこにローソクを置いて火をともした。

こたつ板の上に置いたローソクの灯《あか》りは、ぼくたち家族の周りに、半円球《はんえんきゅう》の光のドームを作った。ドームの外側は暗やみで、何だかモンゴルの草原でテント暮らしをしている人たちのような気分だった。じいちゃんは四合ビンを持ってきてお酒を飲みだした。

「もうはぁ、始めっとごだべが」

ばあちゃんが、あきれたように言うと、

「ああ、四日ぶりに仕事を始めべえ」

とじいちゃんは、忘れていた仕事に取りかかるようなことを言った。お母さんがもどってきて安心したのは、どうやらぼくとひな子だけではなかったらしい。少しするとじいちゃんは、

「浜浦の街は、すっかり消えでしまったなあ」

と悲しそうに言った。

「それでは瑛ちゃんとひなちゃんにはお菓子をあげましょうね」

お母さんが気分を変えるように言って、きれいな箱を開けると、中からおいしそうなクッキーを取り出した。

「支援物資の中にお菓子もたくさん入っていてね。長く置けないからといっていただいてきたのよ」

おばあちゃんがお茶を入れてきて、みんなでお菓子を食べた。

「おいしいね」とひな子が言うと、お母さんが、

「まるでキャンドル・パーティーみたいだね」と言った。

「ほんとうだ。パーティーだ、パーティーだ。キャンドルパーティーだ」ひな子がはしゃいで言った。

お母さんの一言は、魔法のようにみんなの気持ちを明るくした。

それからお母さんは、三日も帰ってこれなかった訳を話した。


——お母さんは船戸病院の給食で、栄養管理士《えいようかんりし》の仕事をしている。地震のあとぼくの家と同じように、病院もやはりいっせいに電気が消えた。自家発電の電気は手術室とか必要な患者《かんじゃ》さんのところに限られ、とても全体にはまわらない。

電気だけでなくガスも水道もエレベーターも止まってしまったため、調理することが出来なくなってしまったのだ。

「入院患者さんたちに夕飯を出さなきゃならないでしょう。もうたいへん。野菜を洗うことも出来ないので非常用に備蓄《びちく》していた缶詰《かんづめ》なんかを出してね、早出の人も残って皆で階段を上り下りして配膳《はいぜん》をしたのよ」

患者さんに食事を届けたあとがまたたいへんだった。水も電気もないため食器洗浄機《しょっきせんじょうき》を使うことが出来ない。もっとたいへんだったのは、病院に食材を届けていた業者さんのほとんどが被災してしまったため、次の日の朝の食事のじゅんびが出来ないことだったという。

「へえ、それでどうしたの」

ぼくが聞くとお母さんは、

「内陸の人たちが、朝までに届《とど》けてくれたのよ」

とほっとした様子を見せて言った。病院の裏には山並みを貫いて縦貫道路《じゅうかんどうろ》が通っている。連絡がとれなくなった病院を心配して盛岡の病院や役所などが手配して、縦貫道を通って沢山の医薬品や食材が、届けられたらしかった。

最初の荷物が届くと、つぎつぎと支援物資が届いたという。お母さんたちは食材の保管場所を見つけたり、量や鮮度や賞味期限などを確認しながら分ける仕事をしなければならず、とても途中から帰るなどとは言い出せなかったのだ。

三日めに、仕事に一定のめどが立ったので、交代で家に帰った。中には家が被災してしまい、そのまま病院に宿泊を続けている人もいるらしい。

「でもねえ。うちの病院は津波に遭《あ》わないから、まだ助かったんだけど、お隣《となり》はたいへんなことになっているみたいだねえ。何でも自衛隊のヘリコプターで、患者さんが内陸の病院に運ばれたらしいわよ」

お母さんは暗い顔をしてそう言った。

お隣というのは陸前高田市のことだ。高田市のことは震災から三日たっても、まだ何も分かっていなかった。街はがれきの山で中に入ることができず、どことも何の連絡もとれないのだ。ぼくはとっても不安で重苦しい気持ちになった。


ローソクの暮らしをしてぼくは、ひとつだけ気づいたことがある。電気がない暮らしは、人間のつながりを深くしてくれるということだ。これまではテレビの方に顔を向けていてまんぞくに相手の顔を見ず、話も半分ぐらいしか聞いていなかった。周りの人の存在にほとんど注意が向かなかったのだ。でもロウソクだけの暮らしは、テレビゲームもなくコミックだってよく見えない。見えるのは相手の顔だけだし、耳に入るのも相手の声だけだ。それでいやでも相手の顔や表情や言葉に集中することになる。

ふだんただ笑顔だけだと思っていたばあちゃんの目に、意外に悲しみがやどっていたり、お母さんの目の周りにいつの間にかいっぱいの小じわがあったり、じいちゃんのかん高い声が、よく聞くと本当はやさしいひびきがあったというようなことだ。

これまでのぼくは、家族のことをこれほど注意して見たり、気持ちをこめて話をしたりしては、こなかったことに気づいたのだ。

§

震災の日からぼくは、毎日岬のすその方まで下りて行って、下をながめて過ごした。せつ男君といっしょの時もあれば一人だけのこともあった。街はすっかり破かいされ、浜浦は一面がガレキの原になっていた。その中を草色をした自衛隊のショベルカーが動き廻って、さかんにガレキを片付けている。隊員の人たちは真面目で、誰かが監督《かんとく》しているわけでもないのに、一心不乱に働いている。おひるになっても交代で、トラックの荷台で弁当をたべながら、すき間を空けずに働いていていた。

大通りが通れるようになったのは、震災から一週間ぐらいたった時だったろうか。さっそくぼくは健太君に会いに行くことにした。大通りは両側に、よけたガレキがうず高く積み上げられており、谷間のようになっていた。その間をようやく走れるようになった車が、はりきって走っていた。

健太君は、はたして無事だったろうか。

ぼくは、はやる胸をしずめるような気持ちで、お寺へと続く道の向こうにあるガードを見つめながら歩いて行った。

ガードをくぐり抜けると、お寺の下の広場に給水車が停まっており、ポリタンクを持ったおおぜいの人が順番を待って並んでいた。ぼくはその中に、すぐに健太君のすがたを発見した。健太君もぼくに気づいた。

「瑛ちゃん」

「健太君。無事だったか」

ぼくはおおいに安心し、しばらくは二人とも声もなく見つめ合った。

健太君を手伝って二人で水の入ったポリタンクを上まで運んだ。それからぼくたちは鐘《かね》つき台のところに行って下をながめながら話をした。

「ぼくは瑛太君にあやまらなければならないことがある」

健ちゃんが言った。

「ぼくは今まで、ぼくの家がスーパーをやっていることや、瑛太君のところより大きな家に住んでいることを、ひそかに自慢に思っていたんだ。それに瑛太君の家が、街から外《はず》れた山の上にあることを、気の毒に思っていたんだ。でも震災で何もかも失ってから、本当はそんなことは、何の意味もなかったんだって気づいたんだ」

言い終わると健ちゃんは、ひざの上に組んだうでの中に顔をうずめた。

「こんだけのとてつもないことに出遭《であ》うと、みんな色んなことを考えたよね」

ぼくは何とか健ちゃんをはげます言葉をさがそうと思った。だが口をついて出たのはそんな間のぬけた言葉だった。やがて健ちゃんは顔を上げて言った。

「残ったのは親子のつながりや、瑛ちゃんなんかとの友情だけだ。みんなが、絆《きずな》、絆と言っている意味が、とてもよく分かるような気がするよ」

「ぼくが思ったのはね。毎晩ローソクで暮らしてるだろう。テレビもコミックもない。周りは暗くて、見えるものと言ったら家族の顔ばかりなんだ」

ぼくはそんな暮らしの中で気づいていたことを話した。家族でこんなに向き合って話し合ったことはなかったことや、これまで自分は、じいちゃんやばあちゃん、それにお母さんや、妹のひな子のことさえ、本当はよく知らなかったんじゃなかっただろうかということを。

ぼくは思った。健ちゃんの言う通り、これまでぼくたちは、便利なくらしの中で相手のことをよく知ろうとはして来なかったのかも知れない。人間同士のきずなということが、とても薄《うす》くなっていたのかも知れないと。

§

ぼくたちの家に電気がきたのは震災から半月以上たった三月の二十八日のことだった。だがぼくは、あの家族五人で毎晩こたつを囲んで、ささやかなキャンドル・パーティーのようにして過ごした十八日間のことを、決して忘れないだろう。

アラ熊男爵《だんしゃく》

夏休みのある日、諒太《りょうた》は近くの丘に登って絵を描《か》いていた。その丘は海にはり出した岬のような場所で、右側にはナラやカエデなどの雑木《ぞうき》と赤松の混生林《こんせいりん》があった。左側は海の見えるなだらかな草原で、タンポポやオニユリ、マツヨイグサなど、夏の花が一面に咲き乱れている。

『美しいもの』というテーマで、絵を一枚描いていくのが夏休みの宿題だった。

諒太は絵はあまり得意ではなかった。だが何とか巧《うま》い絵を描《えが》いて、担任の岩淵《いわぶち》先生にほめてもらいたいと思っている。

そこで諒太は、花を描こうと思い、この丘に登ってきたのだ。だが先ほどから諒太は、花を写生しながら、少し不安になっていることがあった。

と言うのも先ほど諒太は、赤松の木のかげに何か黒いものがスイッと消えて行くのを目にしたからだ。

「あれはいったい何だろう」

とたんに諒太は心が騒《さわ》いで、気持ちが落ちつかなくなった。

――あれは何か、動物の丸いお尻のようだったな。

この辺りは、最近タヌキやアナグマなどがひんぱんに出没《しゅつぼつ》すると言われていた。ちょっと前に反対側の少し下がったところにある広い林が、すっかり伐《き》り払《はら》われてしまった。震災で家をなくした人たちが、新しい家を建てる高台移転のためだ。そのために、それまでその林に住んでいたキツネやタヌキ、アナグマなどの動物たちが、ぜんぶこちらの林に移って来たためだということだった。

諒太はよけいなことを考えまいとして、一心不乱に花を描き続けた。そのうち、しんけんに絵を描いているうちに、ひどく眠くなってきた。

§

ふと諒太は、誰かに見られているような気がして、さっとうしろを振り向いた。すると諒太の背後に男の人が一人立っていて、腰をかがめながらしきりに諒太の絵をながめているではないか。

男の人は黒いスーツの下に白いワイシャツ、それに蝶《ちょう》ネクタイという、たいそうな格好《かっこう》だった。そのうえ丸い顔の先にあるとがった鼻の下に、ヒゲさえ立てているではないか。横にぴんと伸びてはいるが、うすい貧相《ひんそう》なヒゲだった。

その男の人は諒太の絵を見ながら、

「ふん、花か。ありふれているな」

といかにも軽べつしたように言った。

「花がどうしてありふれているの。だいたいあなたは誰なんですか」

諒太は少し腹がたって言った。すると黒スーツの男は、

「ぶれいな口をきくものじゃない。こう見えてもわしは、男爵《だんしゃく》なんだぞ」

とたしなめるように言った。

「すみません。お名前を聞かせてください、と言うつもりでした」

「ふむ、わしはアラ熊というものじゃ。つまりアラ熊男爵《だんしゃく》じゃ」

と、いくらかきげんを直したようだった。

「花を描いているのは、夏休みの宿題だからなんです」

諒太はカルトンにはさんであった、宿題のペーパーを外して見せた。

「ふむ、どれどれ。夏休みの宿題か。漢字を百こ覚えてくること、か」

「そこじゃありません、一番下の五番目のところです」

「ああこれか。絵を一枚描《えが》いてくること。題は『自分が本当に美しいと思うもの』か、なるほど」

アラ熊男爵は、ペーパーをじっと見つめて、いっとき考えてから言った。

「ここには花を描けとは書いておらんな。ふむ。美しいものとかきれいなものと言うと、だれもがすぐに花だとか、虹《にじ》とかを思いうかべる。だがそれって、いかにも単じゅんすぎやしないか。みんなが花や虹の絵ばっかり描いてきたら、つまらんだろう」

「うーん、そうかなあ」

「そうだよ。そうに決まっている。それに花や虹の美しさというのは、表面だけの見た目の美しさだ

ろう。このペーパーには、自分が本当に美しいと感じたもの、と書いてあるじゃないか」

「そうだけど、でも花を描いちゃ、いけないんですか」

「いやいや、べつに花を描くのがいけないと言ってるわけじゃないんだ。美しいものと言われてかんたんに花にとびつく、お前さんのその、いいかげんな態度のことを言ってるんだ」

「そうかなあ……」

「そうだと思うよ。ここに書いてある、自分が本当に美しいと感じたものというのは、たんに見た目の美しさのことじゃないと思うがな」

「うーん、そう言われると、むずかしいな」

「テーマを見つけるって、そうかんたんなことじゃないと思うよ」

「テーマって?」

「主題のことさ。つまり自分が本当に描きたいと思うもののことだよ。お前さんは、本当に心の底から、花を描きたいと思っているのかね」

「そう言われるとこまるけど、でも花より美しいものって有りますかね」

「おおいに有るさ。いったいお前さんには、体がふるえるほどうれしい事とか、あるいは感げきすることってないのかね。もし有るなら、それが自分にとって本当に美しい事なんだ」

「でもうれしい事とか感げきとかは、絵にはできませんよ。絵は形のあるものじゃなきゃ描けませんよ」

「ふうむ、そうかね。そう思うかね」

「思いますよ。だってうれしさとか感げきとか言われたって、どんな形に描いたらいいのか分からないじゃないですか」

「そうかね、じゃあ君の絵には、よろこびも感げきも無いってわけだな」

アラ熊男爵は、またしても軽べつしたように言った。それから、

「どうやら君たちに絵を教えている先生は、あんまし感心できない先生のようだな」

と言って、貧相なヒゲを指で大事そうになでつけた。

「そんなことはないです。やさしくって、とってもいい先生なんだよ」

大好きな岩淵先生のことを悪く言われたので、思わずかっとなった。

「ふうむ。とにかく君の考えは、じつに不自由せんばんな考えだな」

「どうしてですか」

「だって絵の中だったら空も飛べるし、海の中を自由に歩くこともできる。夢の中に入っていくことだって、できるんだぜ。好きなことが何でもできるのが絵なんだ。絵はどのように描こうと自由なんだよ」

諒太ははっとなった。何かたいせつなことを教えられたような気がした。

アラ熊男爵は、よこ眼でさぐるように諒太の顔を見ていたが、そのうちに、

「ま、分からなければ、しょうがない。うむ、しょうがないな」

そう言って背中を向けると、すたすたと林の向こうに去って行った。

§

ふっと諒太は顔を上げた。何だかいっとき自分は、居眠りをしていたようだと思った。そして花を描く手を休めてじっと考え込んだ。

――自分にとって体がふるえるほど感げきすることって何だろう。それってつまりは、自分がいちばん望んでいることじゃないんだろうか。いま自分が、本当に望んでいることって、いったい何だろう。諒太はしばらく目をつむって自分の心の中をのぞきこんだ。やがて諒太は顔を上げた。そうだ、今ぼくが一番望んでいることは、兄《あん》ちゃんにあいたいってことだ。

§

諒太の兄ちゃんは漁師《りょうし》だったが、三年前の震災《しんさい》のときの大津波で亡くなっていた。『あけぼの丸』という大切にしていた船を守ろうとして沖に出ていったのだが、大波を乗りこえることができなくて、船もろとも海の中にのみ込まれてしまったのだ。諒太は年のはなれた兄ちゃんが大好きで、小さな船でよく釣りに連れていってもらった。街へコミックを買いに行ったり、祭りへいくのも兄ちゃんの軽トラでだった。

震災のあとしばらく諒太は、兄ちゃんが海にのみこまれたということが信じられなくて、兄ちゃんが帰ってくるのを今か今かと待っていたのだ。

そのため諒太は、兄ちゃんをのみ込んだ海には、いまだに親しみを持てないでいるのだった。

だから海を描く気分にはなれなかった。

――そうか。絵の中なら何だってできるんだ。

諒太は新しい画用紙を取り出すと、じっと紙面をにらんで考えを集中した。兄ちゃんのことを、どう描いたらいいんだろう。

やがて諒太は、ゆるやかに鉛筆を動かし始めた。


家に帰ってからも諒太は、ねっしんに絵を描き続けた。最初に鉛筆で描いたりんかくを、クレパスとクレヨンでなぞった。それからバックの夜空に青い絵の具を塗った。

諒太は海を空に変えたのだ。空は月や星がきれいなので夜の空にした。大きな金色の月が浮かんでいる青い夜空の上を、船が走っているのだ。船は白い色で先の方に赤い字で『あけぼの丸』と書いてある。

夜空に浮かぶ船の上で、諒太と兄ちゃんが網を引き揚げている絵だ。網にかかっている魚は、星だ。大きいのから小さいものまでたくさんの星が網の中でキラキラと金色に輝いているのだ。

描いているうちに何度も泣きそうになった。兄ちゃんを思いうかべながら描いてると、うれしいのか悲しいのかよく分からない気持ちが、からだの中から自然にわき上がってきて、つい涙がこぼれそうになるのだ。諒太は涙を必死にこらえて、その気持ちをすべて絵に注ぎこもうと一生けんめいに描き続けた。

絵の下の方にはアヤメやタンポポ、黄色いマツヨイグサやヒルガオなどの花がいっぱいに咲きほこっている。海に浮かぶお花ばたけだ。花や月や星の色は、空の絵の具がかわいたあとから、濃《こ》い絵の具を落としていった。

最後にフェルトペンで仕上げをした。

§

夏休みが終わって新学期が始まった。みんなが先生の前に行って宿題のワークブックと絵をさし出した。諒太が絵を出したとき、みんなの絵をそろえていた岩淵先生の手が止まった。先生は「ほーお」と言って、諒太の絵を眺《なが》めた。それから、

「諒太、これは何という題だ」と聞いた。

「『星の海の兄ちゃんとぼく』という題です」と諒太は、考えてきた題を言った。

先生はしばらく眺めていてから、

「諒太の兄ちゃんは、たしか震災で亡くなったんだったな」と言った。

放課後、帰ろうとする諒太に、先生が声をかけた。黒板の前の先生のところまで行くと、岩淵先生はこう言った。

「諒太。この絵は秋の全国コンクールに出すぞ。じつに美しい絵だ」

と言った。

帰りの道を歩きながら諒太は思った。

「ぼくと兄ちゃんの船が、波を乗りこえて、ついに大海に乗り出すんだ」

家に帰ってから諒太は、うしろの丘の上に登って行った。もしアラ熊男爵に行き会えたら、ひと言お礼を言いたかった。

丘に登ると秋の気配の感じられる、すずしい風が吹いていた。

「アラ熊男爵ーっ！」

諒太は思いっきり、さけんでみた。

すると目の前の草原がざわざわっと風になびいて、いっぴきのアライグマが驚いたように飛び出してきた。

アライグマは白と黒のぶちのやつで、いっとき諒太の方に顔を向けた。それから驚いたことをはじるように鼻先をつんと上に向け、気どったように歩きながら、ゆっくりと赤松の林の中に消えて行った。

令《れい》佳《か》

「そんなことあるもんかっ！」

それまでだまっていた令佳《れいか》が、顔色を変えてつっかかるように言ったので、その場に居たみんなは、いっしゅん驚いた。みんなで震災《しんさい》の話をしていたときに健男《たけお》くんが、

「災害《さいがい》は仕方ないよ。だって避《さ》けられないもの」

と言ったときだった。健男くんはクラスで一番勉強ができる、理屈っぽい子だった。

令佳に反げきされたとき、いっとき健男くんは、あっけにとられたように令佳の顔を見つめた。それから自分の言葉がよく理解されなかったと思ったのか、もういちど、

「べつに防災が必要ないとかいう意味じゃないよ。ただ地震だとか津波だとか洪水だとか言うのは、自然のことだから、人間が止めることはできないってことだよ」

と解説《かいせつ》するように言った。

「でもさっきは、災害って言わなかった？」

「言ったよ。同じことだよ」

「同じじゃないよ」

ふだん口かずの少ない令佳が、めずらしく食いさがった。

「どういうことだよ」という健男くんに、

「災害と災害の原因は別のことだよ」と令佳が言った。

ぼくたちは思わず令佳のつぎの言葉を待った。

「大雨とか地震とか津波は、たしかに止めようがないけど、でもそれが災害と呼ばれるのは、人間に被害《ひがい》をおよぼしたときだよ。そして被害は、たいてい人間がそれらと、どんなふうに向き合っているかで、決まるんだよ」

「たとえば？」

健男くんがつっこむように言った。

「たとえば津波がくるような海のすぐ近くの平地に街をつくったり、木《き》を伐って山をまる裸《はだか》にして大水が出るようにしたり、山をけずって道路を作って、山くずれが起きやすいようにしてしまったり、というようなことだよ」

ふだん男の子っぽく、あまりおしゃべりでない令佳にはめずらしく雄弁《ゆうべん》だった。

健男くんの主張は少しあぶなくなっていた。みなはだまって令佳の言葉に聞き耳をたてていた。

「大昔の貝塚《かいづか》って、たいてい高い場所にあるよね。あれは津波を避けるためだよ。でも人間は便利さをもとめて、低い海のそばに住むようになった。川は昔は、ゆっくり流れるように曲がりくねって流れていて、カーブのほとりには水があふれたとき溜《た》めておけるような広いしっ地があったんだよ。でも人間は川をまっすぐにして流れを急にしたし、水を引き受けるしっ地をつぶして住宅地にしたり、工場を建てたりしてしまった。そんな風に天災を災害に結びつける原因の多くは、人間がつくったんだよ。つまりほとんどの災害には、人災《じんさい》の面があるってことだよ」

みなは感心してしまった。ぼくはいったい令佳は、どこでそんな知識を身につけたのだろうと思った。

§

令佳は震災からまる二年過ぎて、ぼくたちが五年生になるとすぐに仙台から転校して来た子だった。母親のふるさとがこの浜浦なので、令佳の祖父《じい》ちゃんと祖母《ばあ》ちゃんが住んでいるこの町にやって来たのだ。両親はいっしょでなく、令佳だけがひとりだけで来たということだった。

ぼくたちは、なぜ仙台のような大きな町から、震災にあったこんな浜浦のようなちっぽけな田舎に、令佳のような子が転校してきたのかが不思議でならなかった。

「令佳。おまえ仙台のような都会から、なんでわざわざこんな田舎に転校してきたんだ」

あるとき平太くんが、あけすけに令佳にこう聞いたことがあった。すると令佳は、

「浜浦が好きだからだよ」

とぶっきらぼうに答えた。だがそれ以上には、何も言わなかった。

令佳は勉強もよく出来たし、ドッジボールなんかをしても、ばつぐんに運動神経もよかった。

だがそれ以上にぼくたちの気持ちをひきつけたのは、負けん気が強そうにキッと引き結んだ口と、

何か思いつめたように悲しそうな光を宿《やど》した目、それでいて男勝《おとこまさ》りに活発で、どこか愛くるしい、その姿だった。

「やっぱ、都会っ子だな令佳は」

令佳が来て間もなくのころ、平太くんがため息をはくように、そう言った。

たちまち令佳は、クラスの人気者になっていった。

§

令佳がいっそうクラスの人気者になったのは、体育の授業がグランドで出来るようになってからだ。

震災のあと二年間は、ぼくたちはグランドでの授業ができなかった。

学校の校庭が、仮設住宅《かせつじゅうたく》でうまってしまっていたからだ。ぼくもふくめてクラスの半分の生徒は震災で家をなくし、その仮設住宅で暮らしていた。

学校の体育館で何十人もの人がざこ寝をしていた避難所の生活から、家族単位で生活する仮設住宅に移ったときは、とてもうれしかった。でもそれは始めのうちだけで、日がたつに連れて仮設住宅の暮らしが苦痛になっていた。ぼくの家では妹と両親の四人家族だが、四人が住むには仮設住宅はあまりにせまく、生活の道具がふえるにつれて足のふみ場もなくなっていった。また隣《となり》とは、うすい壁一枚で仕切られているため、大声を出すことはできず、テレビの音も下げなければならなかった。

せまい部屋の中ではあまり動かなくてもたいがいの用が足《た》せるために、誰もが運動不足になっていた。そのために大人たちは生活指導員の人と一緒に、よくラジオ体操をやっていた。

運動不足になるのは校庭を使えない子供たちも同じで、近くの空き地に『震災支援グランド』が出来たのは、ちょうどそんなときだった。

§

新しいグランドでの体育の授業のとき、ぼくたちが最初にやったのはサッカーだった。ぼくはサッカーが大好きで、震災後もひまさえあれば仮設の広場でボールを蹴《け》っているほどのサッカー小僧なので、久しぶりに広いグランドで思うぞんぶんにサッカーをやれることが本当にうれしかった。

担任の木根渕《きねぶち》先生は、まずみんなを背のじゅんに一列に並べると、ぐう数と奇数に分けてチームを作った。生徒数が少なく、一クラスしかなかったので男子も女子もなかった。

「ええー、良太と同じチームかよ」

平太くんが不満そうに、そんなことを言った。良太くんは気にしていないように、えへへへと頭をかいて笑っていた。良太は小さいとき病気をして、片足が少し不自由なのだ。

試合まえにウォーミングアップをしているとき周囲から、「おおー」というかん声があがった。ぼくが見ると令佳がリフティングをやっていた。それを雄太くんや平太くんたちが眺《なが》めている。令佳は膝《ひざ》とインフロント（足の甲）を巧《たく》みに使ってリフティングをやっていた。べつに誰かに見せようとしてやっているわけではなく、軽いウォーミングアップのつもりらしかった。ぼくよりも上手く、いつ

までも続けていられそうだった。令佳のリフティングを木根渕先生も見ていた。先生は感心したというふうに頭をふりながら、

「ようし、令佳は平太とチェンジして奇数組に入れ」

と言った。令佳がそうとう出来そうなので、ぼくと別々のチームにしたのだ。

「おお、よかったよかった、良太と別のチームになれた」

平太くんにあけすけにそんな風に言われても、良太くんは明るく笑っていた。キックオフの直前に令佳が良太のそばにいって、何事か耳うちをしている。

試合が始まると、ぼくと令佳がせりあう場面が多くなった。令佳はやはり上手かった。トラップもシュートも正確で、おまけに足が速くすばしっこかった。ぼくは一緒にボールを追いかけて、前に身体《からだ》を入れられ何どもボールを奪われた。ぼくはだんだん、むきになってきた。サッカーだけは、誰にも負けたくなかった。

前半の終わりごろ、令佳がドリブルでサイドを突破した。そしてゴール前にするどいクロスを上げた。だがボールは大きな円をえがいて、キーパーの頭上を通りこして行った。ボールがそのままピッチの外に出るかと、誰もが思った瞬間だった。センターバックの平太の斜め後ろに立っていた良太が突然飛び出してきて、いきおいを失いつつあったボールにいきなりヘデイングをくれた。ボールは平太とキーパーの右側をすりぬけて、まるでスローモーションを見ているようにゴールにすい込まれていった。みんなあっけにとられていた。

ぼくたちはその後二点をとって逆転したが、令佳のボレーで同点に追いつかれた。どちらのチームも

熱くなって、このまま引き分けかと思われたとき、またしても令佳のクロスに良太が食いついた。こんどのはキーパーの股の間をすり抜けたすり玉だったが、良太はそれをやすやすとゴールに蹴りこんだ。

「だれも良太をマークしなかっただろう。その良太に二点も取られた。令佳は良太をちゃんと戦力としてみとめていた。十一人全員の力を出させるのがサッカーだ。令佳は監督《かんとく》にもなれるな」

試合が終わってから木根渕先生は、そんなふうに言った。

ぼくはくやしかった。だが後ろの方で照れくさそうな、ほこらしそうな笑顔を浮かべている良太くんを見て、ぼくの気持ちはおさまった。もしかしたら令佳はとてもすごいやつなんじゃないかと思った。令佳は足の悪い良太くんをゴール前に立たせておいて、見事なクロスを出してやったのだ。

令佳はいぜんとして口を引き結んでむずかしそうな表情をしていた。

§

ぼくはしだいに令佳を、尊敬《そんけい》の目で見るようになっていた。だがそれでもときどき、令佳の言うことに首をかしげざるを得ないときがあった。

令佳は健男くんにつっこんだように、りっぱな知識をみせるときもあったが、おどろくほど無神経なことを言うこともあった。

みんなで震災のはなしをしていたときだった。雄太くんだったか誰かが、

「いつまでも片付かないガレキを見ると、気がめいっちまうよ」

となげくように言った。するとそばから令佳が、

「へん、ただのガレキなんかどうってことないじゃん。片付ければ済むじゃん」

とあざ笑うように言ったのだ。その時ぼくは思わずふんがいして、こう言ったのだ。

「ただのガレキってなんだい。あれには沢山の人の思いで詰まっているんだぞ」

令佳はぽかんとしていた。ガレキは沢山の被災者の人たちが暮らした家の残がいや家財道具、子供たちのおもちゃや教科書や衣類や、何やかやの思いでの集まりなのだ。

「章太くん、わるかった。ただ片付けられないガレキもあると言いたかったんだよ」

ぼくの思いが通じたのか令佳はそう言った。だが片付けられないガレキの意味は、いぜんとして分からなかった。

§

令佳が転校してきてから二年の月日が過ぎ去っていた。まもなく卒業式だという三月の中頃のことだった。授業の終わりごろに木根渕先生が令佳を教だんの前に呼んでから、みんなに、こう言った。

「令佳は今度、福島の家に帰ることになった。だからみんなと一緒の中学には行けなくなった。令佳、みんなにお別れのあいさつをしてくれ」

クラスのみんなが驚きで見守っている中、令佳は話はじめた。

「みなさんに、この先また会えるかどうか分からないので、あいさつをしていきたいと思います。わ

たしは今度、福島の南相馬《みなみそうま》の中学校に入るために家に帰ります。そこはわたしのふるさとで、わたしが生まれた家もあります。ふるさとが原発《げんぱつ》の放射能《ほうしゃのう》で汚染《おせん》されて住めなくなってしまい、学校の友だちもばらばらになりました。わたしはお家の都合で、三年生のとき仙台の小学校に移りました。そこでわたしは、いじめに会いました。何人かの人がわたしを無視したり、近寄らないようになりました。わたしが放射能だらけだといううわさがばらまかれたからです」

そこで令佳はいっとき言葉を切った。声が少しふるえて来たからだった。

「わたしはけっこう気が強いので、負けまいとしてがんばりました。でも二年間が限界でした。わたしはお爺ちゃんとお婆ちゃんのいるこの浜浦の学校に転校したいと思うようになりました。授業に集中できなくなり、勉強が遅れてきたからです」

「へえ、だって勉強できるじゃん」

平太くんがとぼけたように言ったが、誰も笑わなかった。

「こんど除染《じょせん》が済《す》んで、ひなんが解除《かいじょ》になったので、ようやくお家に帰れることになりましたので、南相馬の中学校に入ります。除染が済んだとは言ってもまだまだ不安はありますが、でも帰るしかありません。わたしにとっては、あそこがふるさとですから。なんとか家族と一緒にがんばりたいと思っています。このクラスの人たちはみんな明るくてやさしくて、楽しい二年間を過ごすことができました。みなさんのことは一生わすれません。ありがとうございました。さようなら」

令佳が話し終えて頭を下げると、みなが一斉に拍手をした。ぼくはこのとき、これまでの令佳の言葉の意味が、何もかにも分かったような気がした。福島の震災は人間が作った原発によって大きな被《ひ》害《がい》を受けている人災なのだ。放射能による汚染がひどくて、ガレキを片付けるどころか、まだ足も踏み入れることができない場所もあると聞いている。

§

令佳が福島に帰るという日、ぼくたちは大勢で見送りに行った。震災で鉄道も浜浦の駅も無くなってしまったため令佳は、鉄道のかわりに走っているバスに乗って仙台に行き、そこから福島まで行くのだ。バス停には令佳の祖父ちゃんと祖母ちゃんも見送りに来ていた。

みなは代わるがわる令佳と握手をした。バスが来て発車する時間になると、令佳はステップを踏むまえに、みなに向かって深くおじぎをした。いつもより強く口を引き結んで、なみだをこらえているように見えた。

「がんばれよ令佳」「またいつか会おうぜ」

雄太くんと良太くんが声えんを送った。

「うーん、嫁にもらおうと思っていたのにぃー」

平太くんがとぼけた声で言うと、こんどはどっと笑い声が起こった。

「元気でね、令佳」「夏休みには遊びに来て」

女子の声は半分泣き声になっていた。

やがてバスはボロロロンとうなりをあげると、潮風の吹く方向に向かって、ゆっくりと走って行った。

令 佳

忠犬《ちゅうけん》ぶち公

　ぶち公を見に行こうと急に言い出したのは、富男《とみお》君だった。最初にぶち公のことを話したのは、かもめ岬《みさき》に住む裕也《ゆうや》君だ。学校からかもめ岬に行く途中の「舘《たて》の浜《はま》」地区にぶち公がいると言うのだ。

　春休みもおしまいに近い日のことで、その日は裕也君もぼくたちがいるひなん所に、遊びに来ていたのだった。ぼくたちは三人で、出かけて行った。

　ガレキはずいぶん片付けられていて、大通りだけでなく、細い生活道路などもずいぶん通れるようになっていた。もっとも片付けられたとは言ってもガレキを一カ所に寄せ集めただけで、そのため市内には、小山のようなガレキの山があちこちにうず高くつみ上げられていた。

　かもめ岬に行く途中の平地にある「舘《たて》の浜」地区は、つなみでほとんどの家が流されてしまった。いちばん奥の高いところにある「長願寺《ちょうがんじ》」というお寺の、本堂まで波が押し寄せたということだった。道路はガレキを運ぶダンプが、ひっきりなしに走っていて危険なので、注意しながら歩かなければならなかった。

「この道路を毎日通うんじゃ、裕也君たちもたいへんだね」ぼくが言うと、

「そのてんぼくたちは楽ちんだね。すぐそばが学校だからね」

富男君がじまんするように言った。ぼくたちがひなんしているのは中学校の体育館だったが、中学校は小学校のすぐ近くにあった。でもぼくは、そんなことをじまんするのは何だか少し、なさけないと思った。なにしろぼくたちはひさい者でひなんしているわけだし、ぼくなんかは震災《しんさい》で両親まで亡くしてしまったのだから。


「館の浜」はちょっとした門前町《もんぜんちょう》だったが、いまは一面にコンクリートの家の基部《きぶ》だけが、何かの畑のように広がっている。ぶち公は、そのガレキの片付けられた家のあと地に、頭を重そうに地面にたれたまま、腹ばいになっていた。

ぶち公というだけあって、確かに白と黒のぶちの毛色をした、大型の犬だった。

裕也君がそばに行って頭をなでながら、

「こわくないよ。人になれているからね。利口な犬なんだよ」と言った。

ぼくと富男君もそばに行ってさわった。ぶち公は黙っておとなしくされるがままになっていた。

「毎日ここにいるんだよ。ここの飼い犬だったんだ」

裕也君がぼくたちが立っているコンクリートの地面をしめした。

「飼《か》い主《ぬし》の人がね、震災で亡くなったんだ。漁民だったらしいんだけどね。そこの長願寺の和尚《おしょう》さんが、いちどお寺に連れて行ったらしいんだけどすぐに逃げて、ここに来ちゃったんだって。きっと、もとの飼い主が忘れられないいんだろうね」

裕也君の話を聞いて、ぼくは人ごとではないと思った。震災で家族を亡《な》くしたのはぶち公だけじゃない。ぼくだって同じなのだ。だがぼくはすぐに思い直した。ぼくには妹の羽菜恵《はなえ》もいるし晋叔父《すすむおじ》さんも、おばあちゃんもいる。

「ぶち公は食事はどうしてるんだ」

「ときどき、お寺のおしょうさんが、運んでるんじゃないかな」

「ふーん。こいつはきっと、セッターか何かの雑種だな」

富男君がそう言いながらぶち公の背中をなでた。ぼくが前に回って頭をなでると、ぶち公はしずかにぼくを見た。何だかとても悲しそうな目をしていた。

§

ひなん所での暮らしは、震災《しんさい》で忘れられないことのひとつだ。ぼくの家があった門《かど》の浜団地は、三分の二の家が、つなみで流されてしまった。家を失った人たちは、中学校の体育館にひなんした。ぼくと同じクラスの桂介《けいすけ》君や富男《とみお》君も家族と一緒にひなんしていた。

小雪のちらつく寒い日だったが、だれもが着の身着のままで逃げて来たために、夕方になるにつれて、みな寒さにふるえた。

電気がないため温風式のストーブは使えなかった。そのため学校中の丸ストーブや反射式ストーブを集めて燃やしたが、体育館は広く天井も高かったため、なかなか暖まらなかった。

ぼくは晋叔父《すすむおじ》さんとおばあちゃんと妹の羽菜恵の四人で、体育館の真ん中あたりに、体育でつかうマットを下にしいて陣取っていた。ぼくと羽菜恵の父と母は、家で仕事をしているときにつなみに呑みこまれて、亡くなったと思われる。それでもぼくはしばらくの間は、まだ父も母も生きていてどこかにひなんしているのではないかと思っていた。だが父と母が亡くなったというのは、叔父さんが毎日捜しまわって情報を集めた結果のことだったので、日がたつにつれてぼくも現実をみとめざるを得なくなっていったのだ。

ぼくたちに限らずほとんどの人が、広い体育館のまん中の方に円形に陣取っていた。ひっきりなしに続いている地震で、窓ガラスが割れることを恐れたためだった。

ぼくたちこどもは、友だちが何人もいる広い場所に、集団で寝泊《ねと》まりすることが、なんだか楽しいような気がしていた。だがそれも始めの二、三日だけのことだった。

体育館は広いようでせまかった。となりの人と声がつつぬけになるから、聞かれたくない話はできなかったし、夜はいびきや寝言がうるさく、歯ぎしりをする人さえいた。しかも夜は寒く、ひんぱんにトイレに行かなければならなかったが、トイレは外にあって遠く、寝ている人の間をくぐって行かなければならなかった。

なかには手をふんづけられて、どなり声をあげる人もいた。日がたつにつれて、こどもよりも大人たちの方があせってくるようだった。なかなかねむれないために、夜おそくまで酒を飲んでいる人も何人かいたし、ときどき口げんかをする大人たちもいた。

たき出しのおにぎりをもらいに行ったり、飲み水をもらうために給水車にならんだりするのがぼくたちこどもの仕事だった。そのほかは、たいがい体育館の隅に集まって話をしたり、ゲームをしたりして遊んだ。

それにあきると浜浦駅の少し手前の方で、つなみのために立ち往生してしまった電車を見に行ったりした。ぶち公を見に行ったのも、そんな時だった。

富男君たちとぶち公を見てからというもの、ぼくはぶち公のことがひどく気にかかっていた。裕也君の話だと、ぶち公は夜もあそこから動かないらしいし、雨の日もあの場所にすわっているということだった。食べ物もその日によってありつけない日もあるらしかった。三日ほどたった日、ぼくはぶち公のことが気にかかって、いもうとの羽菜恵を連れて出かけて行った。霧雨のようなこまかい雨が降っている日で、ぼくは支援品でもらったビニール傘をさしていった。とちゅう羽菜恵が車にはねられないように、気を配《くば》らなければならなかった。

ぶち公は雨の中に、たたずんでいた。ぬれた地面には、さすがに腹ばいにはなれず、後ろ足も前足も立ててはいたが、頭をたれてしょんぼりとしていた。

「ぶち公」ぼくが声をかけると、こっちに顔を向けて、尾っぽをゆらゆらとふった。

「羽菜恵、こわくないよ。りこうな犬なんだよ」

ぼくが頭をなでてやると、羽菜恵もこわごわ手をのばした。

ぶち公が長い舌を出して、羽菜恵の手をべろべろとなめると、羽菜恵はもうすっかりぶち公のとりこになってしまった。
「ぶちこう、ぶちこう」
羽菜恵は、むちゅうになってぶち公の濡《ぬ》れた頭をなでてやっていた。

§

風呂に入ることができたのは震災から一週間ぐらいたってからだった。震災から三日ぐらいまでは皆が気が高ぶっていて、何がなんだかよく分からないうちに時間が過ぎていったのだ。もちろんその間も、たき出しの当番を決めたり、しえん品を分けたり、ひなん所の居場所をあらためて、町内会ごとに集まったりと様々な作業はあった。

でも三日四日と日が過ぎていくにつれて、ひなん所にはだんだんいやなにおいがするようになってきた。だれもが着たきりすずめで、着替えを持っていなかったし、中には顔も洗わず歯もみがかない人さえいた。なにより、だれもが風呂に入っていなかったのだ。

そんな時、自衛隊《じえいたい》の人たちがトラックで運んできた資材を組み立てて風呂を作ってくれたのだ。

体育館の前の広場で、ぼくたちはその作業に見入っていた。まず鉄パイプを組み立てて大きな建物の形を作り、それから中に長方形の浴そうの形を作る。それを二か所に作っているのはたぶん男風呂と女風呂にちがいないと、ぼくは桂介くんと語り合った。

全体の形ができあがると、鉄パイプにこい緑色のシートを張りめぐらせ、水の通る配管や排水こうを取り付けて、またたく間に「お風呂や」さんができ上がった。

自衛隊の人たちの作業はじつに手ぎわがよく、仮設とはいうものの完成した風呂場はじつに堂々として見えた。

風呂ができあがるとさっそく入浴となった。入浴は町内会ごとに順番に入ることになった。男湯も女湯も一度に十五人ぐらいずつ入ることができた。お湯はボイラー装置のついたトラックでわかしており、中にはシャワーもあった。

ぼくは友だちや晋叔父《すすむ》さんと行列にならんだ。羽菜恵は女風呂のほうに、ばあちゃんと坂東さんといっしょにならんだ。坂東さんというのは、大阪から来たボランティアの女の人で、なにかとぼくや羽菜恵の世話をしてくれる、やさしい人だ。

入口で女の自衛隊の人から、新しいバスタオルを渡された。ぼくは桂介くんや富男君たちとかん声を上げながら風呂に飛び込もうとした。すると係の女の自衛隊の人が「湯ぶねには身体を流してから入って下さい。よごすと後の人が困りますからね」と言った。

大人たちも久しぶりのお風呂に、みんなうれしそうだった。

風呂から出ると、例の女の人が全員にペットボトルの天然水をわたしてくれ、

「バスタオルはさし上げますから持って帰って下さい」と言った。

「気前がいいな」「サービス満点だな」

ぼくたちは、久しぶりにさわやかな気分になったうれしさを、そんな風に口にした。

§

ぶち公を見に行ったのはその日の午後のことだった。その日の午前中に、それまで休業をしていた農協が、預金を十万円まで払いもどすことになった。大人たちは久しぶりの買い物をかねて、ひさいしなかった山の手の農協へ、お金を下ろしに行った。

不自由していた子供たちも、いろいろ欲しいものがあるため、ほとんどの子が親といっしょに出かけて行ってしまった。

富男君も桂介くんもいなかった。ラジオを聞くのにもあきて、ぼくはぶらりと外に出てみた。下は中学校のグランドで、仮設住宅の建設の真っ最中だった。グランドはほとんどが仮設住宅でうずまってしまうらしい。

ふと目を転《てん》ずると体育館のうらの空き地で、羽菜恵がたった一人で、ボール遊びをしていた。そのすがたが何だかとてもさびしそうで、また寒そうだった。

父と母が亡くなったと知ったとき、ぼくがまっ先に考えたのは、自分の悲しみよりも羽菜恵がかわいそうだということだった。ぼくは五年生で両親とは十一年のつきあいがあるが、羽菜恵はまだ六年間のつきあいしかない。ろくな思い出もないうちに両親と別れてしまったのだ。

「羽菜恵、お兄ちゃんとぶち公を見にいかないか」

ぼくは何とかして羽菜恵をよろこばせたいと思い、そう言った。

「行きたい行きたい。ぶち公に会いに行きたい」

羽菜恵は急に顔をかがやかせ、甘えるようにそう言った。

「ビスケットを持っていってぶち公に食わせよう」

「そうだ、そうだ、それがいい。きっと、ぶち公がよろこぶね」

ぼくがしえん品でもらったビスケットの残り物のふくろを持ってくると、羽菜恵はうれしそうにはしゃいだ。ぼくも少しうれしくなった。


日曜日で、道路にはダンプは走っていなかった。

「舘の浜」に行くとぶち公は、いつものように地べたにあごを落としたまま、力なくねそべっていた。

「ぶち公」「ぶーち、ぶち」

ぼくと羽菜恵が口々に声をかけると、ぶち公はゆっくりと頭をもちあげて、こっちへ顔を向けた。

それから尾っぽを立てると、ゆらゆらと力なく左右にふった。

「ぶちぶち」羽菜恵がビスケットをやると、ぶち公は鼻でちょっとにおいをかぐようにしてから、すぐにぱくりと口に入れた。それから少し頭をふりながら、もぐもぐとうまそうに食べた。

「子供にはよく馴《な》れるようだ。子供が好きなのかもしれんな、ぶちは」

うしろで声がしたのでふり向くと、長願寺の和尚さんが立っていた。

「震災のあとガレキのまわりをうろうろしていたんだ。かわいそうだと思って寺に連れて行ったんだが、つぎの日ににげだして、ここに来て、それから動こうとしないんだ。よっぽど前の飼い主が好きだったらしい」

和尚さんは、え顔を浮かべながら言った。続けて、

「東京の渋谷の、忠犬ハチ公にならって、こどもたちが忠犬ぶち公などと呼んでいるらしい。もう二十日ぐらいになるんだが、みながエサをくれるんで、いまもこうして生きている」

と言った。ぼくと羽菜恵はしばらく無言で、ぶち公の頭や体をなでていた。

すこしすると和尚さんが、ぶち公の顔を片手で下からささえ上げるようにしてもち上げ、言い聞かせるようにして言った。

「ぶちや。もう気が済んだだろう。ここはもう、お前の家じゃないんだよ。私といっしょに、寺にかえろう」

和尚さんはぶち公の目をのぞきこみながらやさしく言った。和尚さんは立ち上がってまた言った。

「さあ、いっしょに行こう」だがぶち公は立ち上がらなかった。

やがて和尚さんは、あきらめたように背中をみせて歩き始めた。

ぼくと羽菜恵も帰ることにした。

少し歩いてから、羽菜恵が立ち止まって後ろをふり返った。

「あっ、ぶち公が立ち上がった」

羽菜恵がさけぶように言った。思わずぼくもふり返った。

すると、ゆらりとぶち公が立ち上がって、とんとんとんと和尚さんの後を追いかけて行った。

「お寺に行く気になったんだ。よかったね」

「うんよかった。これでぶち公は、もう雨にぬれることも、おなかを空かせることもなくなったね」

ぼくたちは、ほんの少し幸せな気持ちになって、帰り路を急いだ。

月とトランペット

ぼくがトランペットを始めたきっかけは、祖父《じい》ちゃんだった。ぼくは人よりは背が少し低く、体力もそれほどない。うんどう神経もそんなにいい訳でもなかった。小学の三、四年生ごろからぼくは、そんな自分に自信が持てなくなってきていた。

五年生になって間もなくのある日のこと、祖父ちゃんが物置の奥をごそごそやって、古いトランペットを出してきた。

「どうだ啓一《けいいち》。いっちょ吹いてみるか」

祖父ちゃんはトランペットを手ぬぐいでキュッキュッとみがいてから口にあてがうと、プォープォーと音を出してみた。それからおもむろに曲を吹きはじめた。曲は『赤とんぼ』だった。ぼくは祖父ちゃんの上手《うま》いのにおどろいた。

「若い時に、ジャズにあこがれた時があってな」

曲がおわってから祖父ちゃんは遠《とお》くを見るように目をほそめてそう言った。

それからぼくはトランペットのとりこになった。なんとか祖父ちゃんのように上手く吹けるようになりたいと思い、一生けんめい練習をするようになった。

「トランペットは音が変わるときに、メリハリをはっきりさせることが大切でな。でないと前の音を引きずって全編がスラーの、しまりのないメロディーになってしまう。そのためには息継《いきつ》ぎとバルブ操作《そうさ》、とくに強い肺活量《はいかつりょう》が必要なんだ」

祖父ちゃんは誰よりも熱心で、やさしい先生だった。

「啓一は泳ぎが上手いから、けっこう肺活量も強いにちがいない。きっと今に、いい音をだせるようになるだろう」

ときどき祖父ちゃんは、そんな風におだてながら教えてくれた。

§

六年生の終わりごろにはぼくは、一応の音階は出せるようになっていた。あとは腕をみがいて、もっといい音が出せるようになるだけだ。

中学に入ってぼくは、すぐに吹奏楽部《すいそうがくぶ》に入部した。ぼくが、らくらくトランペットを吹くと、皆が驚いた。そのことがすごく自信になった。

「啓ちゃんはどうしてあんなに自由自在にトランペットが吹けるんだい」

ある日同級で、同じ吹奏楽部の将太君に聞かれた。将太君はトロンボーンを吹いているのだ。

「マウスピースの使い方が大事だとおもうな。マウスピースにどういう風にくちびるをあてがうか、どういうふうにくちびるを振動させるか、吹き込む息のスピードはどうかと言ったことをよく研究してみるといいよ。あとバルブの操作だが、将太君の場合はトロンボーンだからスライド管だけどね」

それからぼくは将太君に、マウスピースだけを取り外して常に持ち歩き、ひまがあるときに口にあてがって吹く練習をするといいとアドバイスをした。そのあとで、

「ぼくだっていい音は出せていないよ。まだまだこれからだよ」

といくぶん得意な気持ちを隠《かく》して言った。

劣等感《れっとうかん》をもっていたぼくに、祖父ちゃんは人にほこれるものを与えてくれた。

でもその祖父ちゃんは、震災のときに亡くなってしまった。

§

今年の三月十一日の午後、祖父《じい》ちゃんは家業をささえている大切な船を守ろうとして、沖にむかって船を走らせたのだ。

津波のとき漁民は、船が岸壁にたたきつけられないように、沖にのり出して行くのだ。

だがあの日の津波は、これまでの津波とはちがっていた。それは今までだれも、見たこともないような巨大な津波だったのだ。そのため沖に出ていった漁師が何人も波にのみ込まれて、帰らぬ人となってしまった。

祖父ちゃんは筋金《すじがね》入りの漁師《りょうし》で、船の操《そう》じゅうも右に出る者がないほどのうで前だったが、それで

もあの怒濤《どとう》のような大波に、勝つことはできなかった。

あの日父ちゃんは、夕方になっても、

「だめだったべえ。いくら祖父ちゃんでも、この波は乗り切れめえ。だめだべえ。やっぱしだめだったべえ」

と同じことを何べんも言いながら、落ち着かなかった。

でもぼくは夜になっても、その次の日になっても、そのうち祖父ちゃんは、きっと帰ってくると信じてうたがわなかった。

『べんてん丸』が波にのみ込まれて沈むのを見たという人が現れたのは、震災から四、五日たってからだった。信じていたことが、うらぎられてしまった。あれはぼくが、人生で最初に味わった、ざせつだったのかもしれない。

§

震災以降父ちゃんは、海にはあまり出たがらなくなった。祖父ちゃんをのみ込んだ海にたいして、とくべつの思いがあるようだった。また父ちゃんは、祖父ちゃんが亡くなったことにも、自分に責任があると考えているらしかった。

「あのとき親父を止めることだって出来たんだ。あるいは親父のかわりにおれが船を運転していくことだってできたんだ」

父ちゃんは酒を飲みながら、ときどきやけになったように、そんなことを言った。

震災《しんさい》の後しばらく漁師の人たちは、わずかに残った磯船《いそぶね》や養しょく用の小舟で、毎日、海の底に沈んでいるガレキを引きあげる作業をしていた。だが父ちゃんは、それにも背をむけて、陸のガレキを片付ける、ふっこう事業の仕事に通った。

ぼくの家では二・五トンの『べんてん丸』を失ったが、まだ一トン未満の小さな磯舟が残っていた。震災のあと、湾内を漂流していたのを近所の漁師の人が見つけて、曳《ひ》いてきてくれたものだ。だがその舟は岸壁につながれたまま、ほとんど使われることはなかった。ひょっとしたら父ちゃんは、海に出ていくことに、臆病になっているのかも知れないとぼくは思った。

§

震災のあとぼくたちの吹奏楽部は、閉店状態になった。それに僕自身、家とともに祖父ちゃんからもらったトランペットも一緒に津波に持っていかれてしまったので、家での個人練習ができなくなっていた。

吹奏楽部の出番は、なんと言っても卒業式や入学式、それと運動会での演奏だ。だが今年は卒業式も入学式も震災のために、かざらないつつましいものになったので、吹奏楽部の出番はなかった。また秋の運動会も、校庭が仮設住宅でうまってしまっていたため、中止になった。これでは何にもしないうちに卒業になってしまう。せめて練習だけでも再開して、吹奏楽部を元気にさせたいというのが三年生になってからのぼくの願いだった。

だが体育館はバレー部やバトミントン、卓球などスポーツ部の練習でいっぱいなので他の場所をさがすしかなかった。かといって校庭は仮設住宅でいっぱいだし、年寄りが多いので昼寝やテレビのじゃまになる。近くで練習をやれる場所はなかった。

もともと部員も少なく楽器もない部だったが、それでも愛着があり、卒業前に元気なすがたを見たかった。

§

祖父《じい》ちゃんが亡くなってから、父ちゃんはすっかり元気を無くしていた。祖父ちゃんはまだ遺体も見つかってはおらず、おそらく深い海の底で眠っているのだと思う。

祖父ちゃんの死で元気を無くしているのはぼくも同じだった。人間は大変なことが一度におそってくると防衛本能がはたらいて、目や耳や気持ちを閉じてしまうものらしい。

だが時間が過ぎて、気持ちがゆるんでくるにつれて祖父ちゃんの死は、しだいに重くぼくの心にのしかかってくるようになった。

吹奏楽部の顧問《こもん》の寺沢先生に呼ばれたのは夏休みに入る前のころだった。

「きくち。ちょっと来い」

先生のあとをついて行くと、一番はじっこにある教室に向かった。生徒数が足りなくなって、いまは物置みたいにしている空き教室だった。教室に入ってぼくは、思わず目をみはった。

そこにはなんと、新しいぴかぴかの吹奏楽器が並んでいるではないか。金色に光るホルンやトロンボーン、チューバにフルートにサックス。スネアドラムにティンパニまである。だが一番ぼくの目をひいたのはなんと言ってもトランペットだ。ふたを開いたままのケースの赤い内ばりの布の上で、それは一段と光かがやいていた。

「きくち。おまえ高校にいっても吹奏楽をやると言っていたな」

言いながら先生は、立てかけてあるケースを指さした。

「トランペットは五本ある。中古もあれば新品もある。全部震災《しんさい》の支援品だ。中に自分の楽器を失った生徒にやって欲しいという人があってな」

先生は五つあるケースのふたを全部あけると、

「副校長とそうだんして、おまえに一本やることになった。すきなのを選べ」

と言った。

「ためしに鳴らしてみてもいいですか」

「ああいいとも。新品だからいい音が出るとは、かぎらんからな」

ぼくは天にものぼる気持ちになった。

§

夏休みに入ってからぼくは、さっそくトランペットの練習を開始した。仮設住宅ではできないので、校庭の下の一面にガレキが広がっている荒野のような原っぱでやった。もとは二百軒以上もの住宅が建っていた団地の跡地だった。

ぼくは夏休みの間中、熱心に練習をやった。熱心にやるには理由があった。ぼくは亡くなった祖父ちゃんにトランペットを聞かせたかった。

死んだ人にたいして、生きている人間はなんにもしてやることが出来ない。

でもせめて何か、もっとなっとくのできる別れ方はないのだろうか。

考えたすえぼくは、祖父ちゃんに教えてもらったトランペットを、祖父ちゃんが眠っている海の上で吹いて祖父ちゃんに聞かせたいと思ったのだ。

棺《ひつぎ》の上に、一輪の花をたむけるように。

トランペットは元々管が細長いので、高くて明るい音が持ち味だが、祖父ちゃんにささげるのにそうした曲はふさわしくない。三つのバルブと息の量やスピードのコントロールによって、もの悲しいデリケートな音色もかなでることができる。ぼくはそうした音を出すために、けんめいに練習をした。

§

秋も深まったある日の夕方、ぼくは父ちゃんに舟を出してくれるようにたのんだ。

「しばらく乗ってないからな。エンジンがかかるかどうか分からんが。いったい何のために海に出たいんだ」

父ちゃんは気が進まないような声で言った。

「祖父ちゃんに、トランペットを聞かせたいんだ。そのために一生けんめい練習してきたんだ」

父ちゃんはちょっと考えるように下を向いて黙った。祖父ちゃんの遺体はまだ見つかっていなかった。少ししてから父ちゃんはやおら腰を上げながら言った。

「ほんじゃいっちょ、じいさんをとむらってやるとすんべえ」

舟上げ場から舟を下ろして、海にのりだしたころには、あたりはすっかり暗くなっていた。おだやかなないぎで、月のきれいな晩だった。

「ここら辺りで、よがんべえ」

父ちゃんは湾の中ほどまで舟を進めるとエンジンを切った。

トランペットをケースから取り出すまえにぼくは首と指を動かしてかるくウォームアップをした。それからトランペットを口にあてがって、ざっとチューニングをして楽器と自分のからだがなじむようにした。

始めに、祖父ちゃんが好きだった『赤とんぼ』の曲を吹いた。ぼくが演奏する間、父ちゃんはだまって海を見つめていた。月の光を照らしてにぶく輝《かがや》いている海は、祖父ちゃんやその他の大勢のひとたちの、巨大な棺《ひつぎ》のように思えた。

『赤とんぼ』の次にぼくは、ショパンの『別れの曲』を吹いた。これこそが祖父ちゃんのために、ずっと練習してきた曲だった。難易度《なんいど》が中級というむずかしい曲で、ヤマハからこの曲のパート譜《ふ》を取り寄せ、この日のためにぼくは一生けんめいに練習してきたのだ。この曲のなつかしいようなせつないような旋律《せんりつ》が、祖父ちゃんのたましいをなぐさめるように思えたからだ。

トランペットのひびきは、月の光を浴びながら夜空を飛び回り、やがて静かに暗い波間に溶け落ちていくようだった。

ぼくは一度も音を外さず、高いところも無事に吹き上げた。終わると、父ちゃんがぱたぱたと控えめな拍手をしてくれた。それから、

「よかった、とてもよかった。心に染《し》み入るようだった」

と言った。なんだか泣いているような、鼻にこもった声だった。

それからぼくたちは、しばらく余いんにひたるように黙って波にゆられていた。まるで心の中で祖父ちゃんと会話をしているようなひと時だった。

やがて父ちゃんは船外機をしずかにかけると、へ先を陸に向けた。

波間をすべるように走りながら父ちゃんが言った。

「啓一。おれは、二・五トンの船を買おうと思う」

こんどは、すっきりした声だった。

月とトランペット

キャンドルパーティーⅡ

春海《はるみ》たちが住む仮設住宅《かせつじゅうたく》で、『お別れ会』が開かれることになった。お盆前に開かれた自治会で決まったらしい。そのことをアッコは、まるで遠足にでも出かけるように、目を輝かせて春海に語った。だがその話を聞いても春海は、アッコのようにはよろこぶ気分にはなれなかった。

『お別れ会』というのは、さびしいことだ。

それは、これまで肩を寄せ合って一緒に暮らしてきた人たちが、別れ別れになっていくお別れの儀式だからだ。

震災も五年めを迎えており、仮設住宅にはそうとうの空き部屋ができていた。はじめのころは、被災を受けた人たちが百世帯以上も暮らしていたのだが、他所《よそ》の町に移っていったり、高台移転で新しく家を建てたりして、一年ごとに住む人が少なくなっていき、いまでは四分の一ぐらいに減ってしまった。

どこの仮設住宅もそんなふうだったので、仮設に残っている人たちを一か所に集めて、校庭を早く子供たちに返そうということになったのだ。

震災のあと春海は、お母さんと弟の琢磨《たくま》の三人で、浜浦小学校の校庭を埋めつくしている仮設住宅で暮らしてきた。

春海の家は海の近くにあったため震災で流されてしまい、お父さんは役所の仕事に出かけていったまま、五年経ったいまも帰ってきてはいなかった。

父との別れかたに春海は、いまひとつなっとくがいっていなかった。その朝春海の家では、母が病院の夜勤のために帰っておらず、父が朝食の準備をして春海と弟の琢磨に食べさせたのだ。そのあと春海は学校へ、父は弟を保育園に送りながら市役所へと、いつものようにあわただしく別れたのだ。それが父との最後だった。

その日の午後に、あの巨大な津波がおそってきて、家は流されてしまい、父は帰らぬ人となってしまった。

災害というのは恐ろしいものだ。何の気持ちの準備もないときに、何の前ぶれもなくとつぜん家族を引き裂《さ》いてしまうのだ。

父ともっとたくさんの言葉を交わしておくべきだった。父にも何か心に残るような言葉をかけて欲しかった。もっと最後にふさわしい別れ方があったのではなかっただろうか。そんな悔《く》いが今でも春海の胸から消えていなかった。

§

夏休みのある日のこと、春海の仮設住宅にお客さんがあった。

せまい玄関の戸口から顔をのぞかせたのは、見たことのない中年の女のひとで、その後ろに、娘さんらしい小学生ぐらいの女の子が立っていた。

「あのう、ナカモトさんのお宅でしょうか」

女の人は、おそるおそるといった感じでたずねた。

「ええ、そうですけど」

春海の母がそう言うと、女の人は、

「ぶしつけなことをおたずねしますが」と前置きをして、

「もしかして、T市役所にお勤めで、震災でお亡くなりになった、ナカモトさんのお宅ではないでしょうか」

と、さらに確かめるように言った。

「ええ、ええ、たしかにそうですけど」

と母はひざを乗り出すようにして言った。

「それでは、もしこちらにご主人さまの御仏壇《おぶつだん》がございましたら、もうしわけありませんがお線香をあげさせては、もらえませんでしょうか」

「ええ、狭《せま》いですけど、どうぞ」

春海の母は、少し不思議そうな表情を浮かべながらも理由《わけ》はたずねず、二人をとなりの仏壇を置いてある部屋に案内した。

「ああ、ああ、この方です、この方です。まちがいないねえ」

女の人は仏壇にかざってある春海の父の写真を目にすると、一緒に来た女の子に同意をもとめるように語りかけた。女の子は大きくうなずいた。

女の人は持ってきたふろしき包みをほどくと、お香典《こうでん》と供物《くもつ》をあげ、父の写真に手をあわせて拝んだ。

それからおもむろに春海とその母に向かって口を開いた。

「お父様の最後のご様子を、どなたからかお聞きになっておられるでしょうか」

「いえ、いっこうに」

首をかしげている春海とその母に女の人が語ったはなしは、次のようなことだった。

§

女の人は鈴木さんという名前だった。一緒に来た女の子は鈴木さんの娘さんで、翔子《しょうこ》という名前だと紹介した。翔子ちゃんは現在は小学校五年生だが、震災のあったときはまだ保育園に行っていたというから、ちょうど琢磨と同じ年だ。

五年前のあの日、鈴木さんはいつものように翔子ちゃんを迎えに保育園に行った。地震にあったのはその帰り道で、軽自動車の運転中だった。車がいきなり蛇行するみたいに振動をし出し、ハンドルが利《き》かなくなった。前を見ると、道路わきの電柱がゆさゆさとしなるように大きく揺れている。あわてて車を止め、様子をうかがった。するると電柱だけでなく周囲の建物がすべてぐらぐらと揺れている。自分たちの車も下から突き上げられるようにボンボンと跳ねていた。地震だと思った。それもとてつもなく大きなやつだ。

揺れはしばらく続いた。そのうちに何人もの人が山の手の高台の方に向かって逃げていく様子が見えた。

「津波が来るぞ、逃げるんだ」誰かが叫んだ。

「車では行けない。車を置いて高いところに逃げろっ！」

後ろから来た、男の人が車の窓を叩いて言ってくれた。前を見ると、乗り捨てられた車が何台も道をふさいでいて確かにその先には行けそうにない。

鈴木さんは車を道の左端に寄せてから、翔子ちゃんと二人で外に飛び出し、カギをかけようとしてから咄嗟《とっさ》に考えた。車がじゃまになって誰かが動かさなければならないことがあるのではないか。そんな時、カギをかけておいたらこまるだろう。鈴木さんはカギをつけたまま、ドアも開けたままで翔子ちゃんを連れ、左側の細い道を奥に向かって走った。

少し走って行くと前方に小高い丘のようになったところが目に入った。手入れのされた松の木や、ブランコなどが見えるので公園だと思った。その背後にはさらに傾斜になった高台があり、奥は山に連なっているようだった。

何人もの人がその公園をめざして走っている。

「波が来たっ！　波が来たぞっ！」だれかが叫んだ。

鈴木さんは後ろを振り返る余裕もなく、公園めざして必死で走った。その時には、翔子ちゃんを抱き抱えていた。

だが公園の真下まで行って困ってしまった。公園に登るには自分の背よりも高い石垣を登らなければならなかった。う回しようかと思って左右を見回すと、左はいっそう険《けわ》しい崖《がけ》にふさがれているし、右側は石垣が長く続いていたがその先にはすでに波が流れ込んできていた。

どこか登れる場所がないかと見回しながらうろうろしているとき、横あいから声がかかった。

「ぐずぐずしてるひまはない。こっちこっち」

左側の石垣の下に大きな石の出っ張りがあり、その上に松の枝が垂れ下がっている場所があった。男の人が一人、その石の上に乗っかってこっちを見ながら叫んでいる。さきほど車の窓をたたいて「逃げろ」と言ってくれた人だと思った。

鈴木さんはとっさにそっちへ走っていた。

「さあ、しっかりつかまって」

男の人はまず翔子ちゃんの腕をひっぱり上げると石垣の上に押し上げた。石垣の上は丈《たけ》の低い、かん木のしげみになっている。

「さあ木につかまって、上にあがっていきなさい」

男の人にそう言われて翔子ちゃんは、つつじだか何かの木につかまって、公園に上がっていったという。

「その次がわたしでした。その時にはもうわたしのひざのあたりまで水がきていました。わたしを押し上げるためには、男の人は片手で松の枝をつかんで自分のからだを支えなければなりませんでした。石垣の上に押し上げられ、ようやくの思いで坂を上にのぼると、上には翔子と一緒に五、六人の年寄りが居て、手をのべてひっぱり上げてくれました」

自分と娘さんの安全が確かめられてから、鈴木さんはようやく男の人が気になって下を見下ろしたという。

「その時にはもう、だく流のような波が、男の人の腰のあたりまで流れてきていたのです。男の人は流れにさらわれまいとして、必死で松の枝にしがみついていました」

鈴木さんは恐ろしいことを口に出すのを、ためらうようにいったん言葉をやすめた。

それから気力をふるい立たせるかのように顔を上げて再び口を開いた。

「その時、男の人がつかまっていた松の枝が、ぽっきりと折れてしまったのです」

みんなが悲鳴をあげながら見ている前で、津波にさらわれていってしまったのだ。

「わたしたちを助けようとしたばかりに、自分が波にさらわれてしまった」

誰かがそう言ったので、助けられたのは自分たちばかりではなかったと鈴木さんは思いました。

「これまでの間ずうっと思ってきました。あの人は、自分のいのちを犠牲にしてわたしたちを助けてくれたんだって。でもどこのどなたなのかずうっと分からないできました。でもこのたびお寺さんに参ったとき、お写真を拝見して、ああこの方だって。ようやく分かって、せめてご家族の方にお会いして、お礼をいいたいと思って……」

鈴木さんはしまいには涙声になっていた。

§

「やっぱり、お父さんらしい最後だったんだ」

鈴木さん母娘が帰ったあとお母さんは、涙でぬれた眼をふきながら春海にそう言った。

――他人を助けるより、お父さんに生きてて欲しかった。

いっしゅん春海はそう思った。だがすぐに思いなおした。そんな風に思うことは、お父さんの勇気や善意、そして何かお父さんの人間としての美しさといった、本当に大切なものを否定するような気がしたのだ。

もしかして鈴木さん母娘は、お父さんのメッセージを伝えに来たのではないか。お父さんの最後に、ほこりを持っていいのだと。そしてこれから先、お父さんがいなくても勇気をもって強く美しく生きていけと。

ふとお母さんの顔を見ると、久しぶりに見るやさしい笑顔が浮かんでいるような気がした。きっとお母さんも自分と同じ気持ちなのだと春海は思った。

§

仮設住宅の『お別れ会』は、九月はじめの夕方から始まった。敷地の奥にあるコミュニティ広場に、バーベキュウを焼ける設備を二台準備しての夜会だった。

バーベキュウのコンロはドラム缶を縦にふたつに割った大型のもので、その上に鉄板が乗せてある。誰かが、

「この人数に二台は、多くないか」と言った。すると自治会長の滝沢さんが、

「いやいや、今夜は先に出て行った人たちも来るから、これでいいんだよ」

と笑いながら言った。

空には一面にサバ雲が広がっており、空き地の生垣のように連なっているアジサイの上を、すずしい秋風がわたっていた。

少し陽が落ちて来たころ、滝沢さんの言う通り、先に仮設を出て行った人たちがぞろぞろとやってきた。みな見たことのある顔ばかりで、手に手に缶ビールや食べ物をぶら下げている。人数が五十人ぐらいになったころ、滝沢さんがあいさつをした。

「……ここで肩を寄せ合って、なかよく一緒に暮らした日々を忘れずに、別れ別れになっても、人としての絆《きずな》を大切にして、生きていきましょう」

おしまいをそんな言葉でしめくくった。

それから乾杯《かんぱい》をして、わいわいと歓談《かんだん》になった。子供は中学生が春海とアッコの二人だけで、小学生が五年生と三年生の二人の姉弟と春海の弟の、五年生の琢磨の三人だけだった。

辺りが暗くなると、誰かがガラスのコップに仕掛けたローソクをいっぱい持ち出してきて、あちこ

ちに置いて火を灯した。震災後、東京の方から来たボランティアの人たちが置いて行ってくれたものだ。

ガラスには青いのや赤いのや様ざまな色のものがあって、辺りはたちまちクリスマスの夜か何かのように華《はな》やかになった。

「キャンドル・パーティーだね」アッコが言うと、小学生三年の男の子が、

「キャンドル・パーティーだ、キャンドル・パーティーだ」とはしゃいだ。

春海とアッコは小学生と一緒に花火をした。九月の花火は、どこか寂《さび》しかった。

焼肉や焼きソバで、皆がおなかいっぱいになったころ、田沢さんという女の人がラジ・カセを持ち出してきて音楽を鳴らした。

「さあ、腹ごなしに、みんなで一緒に踊りましょう」

輪になって踊りだした。踊りを知らない子供たちも輪の中に加わって、でたらめに手を振りながら踊りに加わった。

踊りながらビール缶や焼き鳥なんかのお皿などが乗っている台の近くを通ったとき、そばの椅子に座って手ぬぐいで涙をふいているお婆ちゃんを見た。春海のうちの隣の部屋に住んでいる、ひとり暮らしの泉田さんというお婆ちゃんだった。

よく見ると、泉田さんの他にも、踊りながら涙を流している大人が何人もいるのが、ローソクの光に照らされて分かった。

後ろを振り返ると、アッコまでが目をぬらしている。

顔を前に向けようとしたとき春海は、ふと、人の輪の中に見なれた懐かしい顔を発見したような気がした。

「お父さん！」

春海はあやうく大声を出しそうになった。手を振ったり、身体を揺らしたりしている人たちの間に、ちらちらと見え隠れしていたのは、まぎれもなくお父さんだった。

あわてて春海は輪の中にいるお母さんの方を見た。するとお母さんが驚いたような顔をして横の方に顔を向けていた。春海がお父さんを見たと思ったのと、同じ方角だった。きっとお母さんも、お父さんの姿を見たに違いない。

そのあと春海は、踊りながら何度もそちらの方に目をやった。そのたびにお父さんは、ふっと現れたり、またふっと掻《か》き消えたりした。

お父さんが、みんなと一緒に踊っているのだ。春海は急に胸が熱くなり、なみだが止まらなくなった。

黄金《こがね》の舟

もうすぐ新しい自分たちの家に入れるぞ。そのことを考えると友美《ともみ》はうれしくて仕方がなくなる。それもそのはずで、かぞく四人でこのかせつ住宅で暮らしはじめてから、もう五年にもなるからだった。

あの大津波が船戸《ふなと》市の街をおそったとき、友美はまだ小学三年生だった。おとうとの和哉《かずや》は一年生だ。大津波は友美たちの家もふとんもテレビも、机も本も、お気に入りだったスヌーピーのぬいぐるみも、和哉のゲームも、何もかにもさらって行ってしまった。不幸中のほんの小さな幸いは、登校日だったので、友美も和哉もランドセルとその中みの教科書だけは残った。

それから勤めに行っていたお父さんの車とお母さんの軽自動車もぶじだった。そのほかは全部、巨大な波にもっていかれてしまった。

その年の五月にひなん所からこのかせつ住宅にうつり住んで、それからもう五年になる。その間に友美は中学一年生、和哉は五年生になっていた。

友美たちが大きくなるにつれ、六畳《ろくじょう》と四畳半《よじょうはん》ふたまのかせつ住宅はしだいにせまく感じられるよう

になってきていた。でもお父さんだけは、

「すわったままで何でもできる。茶だんすにも手がとどくし、テレビやエアコンのリモコンもすぐに取れる。せまくて便利だなあ」

と自慢なのかやせがまんなのか分からないことを言っていた。

§

友美はこれまで、和哉とともにお父さんの車に乗って、まだ工事中のうちから、なんども新しい家を見に行った。集団移転《しゅうだんいてん》ということで、海の見える高台に、おなじ町内の人たちが十五軒ほど、いっしょに新しい家を建てているのだ。

津波で流されたもとの家よりは小さかったが、モダンだし、かせつ住宅よりはずうっとましだ。

「ここなら津波の心配はない。もう大丈夫だ」

お父さんが言うと、お母さんが、

「湾口《わんこう》が真正面だね。風が強そうだわ」

と少し心配そうに言った。

「そのぶん見晴らしがいいじゃないか。ここでじゅうぶん。借金、借金」

お父さんはこれから返していかなければならないローンのことを心配して、にが笑いを浮かべながらそう言った。

§

友美たちのかせつ住宅は船戸市の市営野球場に建てられていた。ここで五年間、九十五世帯がともに暮らしたのだ。もうすぐここともさよならだ。

だが友美は、手放しでよろこぶ気持ちにはなれなかった。

心の片すみに、ひさよ婆《ばあ》ちゃんのことがあったからだ。ひさよ婆ちゃんは、かせつ住宅で友美たちのとなりの部屋に住んでいる人で、友美と弟にとても親切にしてくれた。いつもおいしいお菓子をくれたり、やさしいことばをかけてくれる。だから友美は、婆ちゃんが大好きだった。

ひさよ婆ちゃんはひとり暮らしだった。

ひさよ婆ちゃんの家は海のすぐそばにあった。海のそばだったが山のすそがヒゲをのばしたように伸びた地こぶの上にあったために、津波では流されなかった。まわりの家がぜんぶ波につぶされてがれきと化したのに、婆ちゃんの家だけはつぶれも流されもせずにちゃんと立っていた。

それでも、床の上まで海水に浸かったために、家はもう住めなかったのだ。

「ひさよさん、まぁだ家さ行ってきたのかね」

「はい。波に荒らされだものを、少しでも片付げんべがど思いましてね」

友美は時々、婆ちゃんと近所の人とのこういう会話を耳にした。

ひさよ婆ちゃんはもとからひとり暮らしだったわけではない。

しんさいで漁師《りょうし》だったご主人と息子さんを亡《な》くしてしまったのだ。

ほんとうは家の片付けなんかじゃなくて、海に行ってご主人と息子さんのごめいふくを祈っているのだという人もいる。

ひさよ婆ちゃんは友美に、時々へんなことを言った。

「婆ちゃんのお父さん（夫）と息子さんは、津波で死んだの？」

かせつ住宅に来たばかりのころ、大人たちの会話を聞いていた友美が、まだ子どもだったため、えんりょなしに聞いたことがあった。するとひさよ婆ちゃんは、

「うちの爺さんと息子は、死んではいないよ。黄金《こがね》の舟さ乗って、ちょこっと海の向こうの国さ行ってるだけなんだよ。そのうちきっと、あたしのことを迎えに来るに違いない。あたしがいなくて、きっとごはん支度《したく》だの洗濯《せんたく》にこまっているはずだからね」

ひさよ婆ちゃんはまじめな顔をしてそう言った。

そのとき友美は、こども心にもじょうだんだと思った。だが婆ちゃんは、じょうだんを言っているとは思えない真剣な表情で、その後もときどきそんなことを言った。

でもそのことはほかの人には言わず、友美にだけ言うのだ。なぜなら婆ちゃんは、そう言ったあとに必ず、

「でもこのことは誰にも言っちゃだめだよ。あたしと友美ちゃんだけの秘密だからね」と言うからだった。

きっと婆ちゃんは、まだご主人と息子さんの死を、信じてはいないのかもしれない。

§

黄金の舟ということが友美にはよくわからなかった。だがある日、ようやくその考えのみなもとが分かったような気がした。

それはお盆の日、かせつ住宅地の中の「ふれあい広場」でかいさいされた盆おどり大会の夜のことだった。おどりの途中で司会の人が、

「これから泊《と》まり地区の、大漁舞《たいりょうまい》というおどりをご紹介します」

と言ったのだ。

大漁舞は、漁師の多い泊まり地区に古くから伝わる、大漁と船の安全を願う漁師のおかみさんたちの踊りだった。

七人の御婆さんがそれぞれ大黒天、えびす様、びしゃもん天、ふくろくじゅ、じゅろうじん、ほてい様、べんざい天という七人のおめでたい神様に扮装《ふんそう》をして、ユーモアのある踊りをくり広げるのだ。

ひさよ婆ちゃんは大漁舞の、昔からの踊り手の一人だったのだ。

だがこの日は、七人はそろわなかった。

「残念ながらいろんな事情で、本日は四人しかそろいませんでした。えびす様と大黒様、べんざい天とじゅろうじんでおおくりします。ふくろくじゅとほてい様、びしゃもん天の三人は欠席です」

司会者がそう言ったので会場にどっと笑いが起こった。
笛とタイコの軽妙《けいみょう》なおはやしにのって、さっそくおどりがくり広げられた。

まいられたまいられた
　えびす、だいこく、びしゃもん天
　ふくろくじゅには、ほていさま
　べんざい天には、じゅろうじん
七福神がまいられた
めでたい神様まいられた
　はあ、黄金《こがね》の舟でまいられた
　いずこへまいられた
　泊まりの湊《みなと》にまいられた
　ブリやサンマやイカにタイ
　いっぱい積んでまいられた
　はあ、めでたいな、めでたいな

踊っている人たちはそれぞれお面をつけているため、だれがだれだか分からない。そのことがいっそうお婆さんたちをだいたんにしているようだった。四人はいずれもお年寄りばかりだったが、老人

とはおもえないほど素早くからだを動かして、わざとよろけてとなりの人にもたれかかったり、相手の頭をなぐる真似をしたりしてふざけてみせた。会場はそのたびにわあー、とわきあがった。

そのとき友美は、ひさよ婆ちゃんの「黄金の舟」の発想が、この踊りの歌からきているということが分かったのだった。

§

「友美ちゃんのところはいいねえ。お父さんもお母さんもまだ若いから、新しい家を建てられていいねえ」

集団移転がきまったころ、ひさよ婆ちゃんは、いかにもうらやましそうにそう言った。

「お婆ちゃんは、災害公営アパートに行くの？」

お母さんたちの話を聞いていた友美は、婆ちゃんにそう聞いた。家を建てない人たちはたいがい公営アパートに入るからだ。すると婆ちゃんは、ふいに強い口調になってこう言った。

「あたしは公営アパートさ、入る気はないよ。友美ちゃんには何度も言ってるべえ。あたしは爺さんと息子が黄金の舟さ乗って迎えにくるんだって」

婆ちゃんには、よその地区のアパートに知らない人たちと住むことへの、強い拒否反応《きょひはんのう》があるらしかった。

§

友美たちが新しい家に引っ越す予定の日の三日前のことだった。いつものように下の家の片付けに行くといって出かけたひさよ婆ちゃんが夕方になっても帰ってこなかった。夜になっても帰ってこなかったので、支援員のひとが婆ちゃんの家まで行ってみたが婆ちゃんはいなかった。大騒《さわ》ぎになって仮設住宅の人たちが大勢であちこち探したが見つからなかった。

婆ちゃんは公営アパートに行くのを嫌がっていた。そのことを考えて、友美はとても心配になった。翌日は町内放送もされ消防団まで出て捜したが、婆ちゃんは見つからなかった。もしかしたら、しんさい後の苦労が積み重なって、海にでも身投げをしたんじゃないだろうか。大人たちはそんなうわさをし合った。漁民のひとたちも舟で湾内をさがしまわったが、それでも婆ちゃんを見つけることは出来なかった。

§

友美の家族は予定通り二日後に、あたらしい家へ引っ越した。夏休みが終わる二日前のことだった。津波に流される前の家に比べれば少し小さかったが、かせつ住宅よりはよっぽどましで、十畳のリビングのほかに部屋が三つもあるモダンな造りだった。

友美がなにより嬉しかったのは、前の家にもなかった自分の部屋がもらえたことだった。

間もなく夏休みが終わり、新学期が始まった。

夏休み前に校庭を埋めつくしていた二十棟のかせつ住宅はすっかりなくなっており、五年前の広々とした校庭がもどっていた。

「ああ、広々として気持ちがいい。卒業するまでの三年間、十分テニスやサッカーができるねえ」

昼時間に校庭に出てみたとき、七海子《なみこ》がとてもうれしそうにそう言った。

「それにしても、卒業していった先輩たちは気の毒だよ。だって三年間、校庭が使えなかったんだよ」

真代が言った。

「そういえば、去年の卒業生もその前の先輩たちも、校庭が無い状態で過ごしたんだね」

友美たちの先輩は、一年生の時から三年間、校庭で運動をしたことがなかったのだ。

校庭からは海が見え、上空にはカモメが舞っていた。

そのとき、ふと海を見ながら真代が言った。

「わたしこの間の夕方、泊まり漁港でね。湾のまん中あたりに金色に輝く舟が浮かんでいるのを見たよ」

「あははは、それはイカの夜釣りに行く舟が、ただ夕陽をあびて光って見えただけだよ」

七海子が笑って言った。でも真代は本気だった。

「本当だよ。ほんとうに金色に光っていたんだよ」

真代は泊まり地区から通ってくるのだ。

そのとき友美は、真剣な顔をして真代に聞いていた。

「ねえねえ、その舟に、だれかが乗ってた」

「三人の人が見えたよ。ひとりは女の人のようだった」

そのとき友美ははっと胸をつかれたように思った。

黄金の舟だ。ひさよ婆ちゃんを迎えに来た、ご主人と息子さんの黄金の舟だ。

すると友美のからだの底から何か熱いものがこみ上げてきて、涙がぬるぬると流れてきた。

「友美ちゃん、どうしたの」

真代と七海子が心配そうに友美の顔をのぞきこんだ。

「ううん、なんでもない。心配ない」

涙をぬぐった目を、校庭の横にむけた。

学校の校庭のとなりは市営球場で、友美たちが五年間暮らしたかせつ住宅のとりこわしのために、さっそく大型の重機が入りこんでいそがしく働いていた。

ここに収録されている作品は雑誌『保健室』の二〇一五年十二月号～二〇一七年十二月号に連載されたものです。

著者　**野里 征彦**（のざと いくひこ）

1944年生まれ、陸前高田市出身、大船渡市在住。
映画少年から水産会社勤務、政党専従などを経て作家活動に。民主主義文学界会員、「麺麭」同人。著書に『カシオペアの風』『いさり場の女』『罹災の光景——三陸住民震災日記』『こつなぎ物語』（第一～三部）など。

挿絵　**早川 和子**（はやかわ かずこ）

母《はは》と子《こ》のメルヘン
ショパンの鍵《かぎ》

二〇一八年　一〇月　二三日　第一刷発行

著　者　野里征彦
発行者　新舩海三郎
発行所　本の泉社
〒113-0033
東京都文京区本郷二-二五-六
Tel　〇三（五八〇〇）八四九四
Fax　〇三（五八〇〇）五三五三
http://www.honnoizumi.co.jp/

DTP：杵鞭真一
印刷　中央精版印刷（株）
製本　中央精版印刷（株）

ISBN978-4-7807-1910-9　C0093